# エリート弁護士になった(元)冷徹若頭に再会したら、ひっそり出産した息子ごと愛し尽くされ囲われています

m a r m a l a d e b u n k o

なぁな



マーマレード文庫

# 目次

## エリート弁護士になった（元）冷徹若頭に再会したら、ひっそり出産した息子ごと愛し尽くされ囲われています

# プロローグ　忘れられない過去

出会ったあの日と同じように、大粒の雨が窓ガラスを叩く夜。

1Kの小さな部屋の中で私は愛する人に抱かれた。

「莉緒《りお》……」

名前を呼ばれ、言葉にならない喜びが胸に込み上げてくる。

「桐生《きりゅう》……さ……ん っ……」

「尊《たける》と呼べ」

「尊……さん」

彼の腕の中で、私は今まで味わったことのない幸せを噛みしめる。

私の指に自分の指を絡めて優しく握り締めると、彼は意を決したように言葉を紡いだ。

「俺はきっと……お前が好きなんだと思う」

自分の気持ちを確かめるようにそう言った彼にふふっと笑う。

「思うってなんですか……？」

「そういうものが俺にはよく分からない。それに自分の気持ちを言葉にするのは苦手だ」

初めて聞かされた彼の想いに応えるように、首にギュッと抱き付く。

「その言葉だけで十分です」

「……こうやって一緒にいたいのも、抱きたいと思う女もお前だけだ」

耳元に感じる熱い吐息。

欲情しているはずの彼はそれでもまだ理性を失わず、私の唇に何度も優しいキスを落とす。

絡み合った指先から彼の熱や感情が伝わり、胸が震える。

「私は……尊さんが好きです」

気持ちを伝えると、彼は私の言葉にこたえるように優しく抱きしめてくれた。

『愛してる』なんて言葉はなくても、私は確かに彼に愛されていると実感できた。

彼と私はあの日、確かに一つに結ばれた。

それが最初で最後であったとしても、私はあの日のことを永遠に忘れない。

# 第一章　息子との生活

二十六歳だったあの日。あれから五年という歳月が流れ、三十一歳になった。

朝はまるで、戦争のようだ。洗濯から始まり、朝食作りと夕飯の下ごしらえ、それから部屋の中を軽く掃除して、保育園へ行く準備をする。

バタバタと忙しく室内を動き回る私とは対照的に、三歳の息子の護《まもる》はまだソファに座りぼんやりとした表情で目を擦っている。

「護、早くしないと保育園遅れるよ！」

胸まであるこげ茶色の髪を一つに束ねながら、護を急かす。

「まだねむいの……」

「もう寝ちゃダメよ。そうそう！　今日から保育園で水遊びがあるんだって。護は水遊び好きでしょう？」

「みずあそび!?」

途端、眠気の吹っ飛んだ様子の護が声を上げる。

「うん。だから、頑張ってお着替えしようか」

「うん！　わかったぁ！」

護は分かりやすく目を輝かせると、ソファの上に用意しておいたTシャツに袖を通す。

「ママ、みずでっぽうは？」

「え……、ああ！　そうだった!!」

園だよりに、水遊び用にマヨネーズやケチャップの空き容器を持たせるようにと書いてあったのを、今さらながら思い出す。

やってしまった。せめてもう少し早く気付けていたら……。

護を急かしている場合ではなかったと心の中でため息をつき、大急ぎで冷蔵庫を開けて残りわずかなマヨネーズを手に取る。

「ポテトサラダを作るしかない……！」

まだ時間には余裕がある。

「ポテトサラダだーいすき！」

大慌てで鍋を手に取る私に、護が微笑みかける。

思ったことをすぐに口に出す護は、本当に素直で可愛らしい。

私の……そして……、愛したあの人の息子。

「じゃあ、今日の夜ご飯は護の好きなハンバーグとポテトサラダにしようか」

「やったぁ～！」

ぴょんぴょんと飛び跳ねて喜ぶ護の笑顔に、私まで嬉しくなった。

「よし、じゃあ保育園行こうか！」

すべての準備を終えていざ出発というとき、玄関先で靴を履いた護の顔が曇った。

「うんち」

「え」

「うんちもれちゃうぅ」

「い、今!?」

緊急事態の発生に私は再び護の手を引き、トイレへ駆け出した。


「ふぅ。なんとか間に合った」

護をアパートからすぐ近くにある保育園に預けてから、勤務先の病院へ向かう。

私の勤める『光崎ヶ丘《こうさきがおか》大学附属病院』は、都内はもちろん全国から患者の訪れる名の知れた大病院だ。

建物は九階建ての外来棟と、十六階建ての入院棟に分かれている。外来フロアは、カフェやレストラン、患者情報サロンも併設されている。一階にある職員用の更衣室でナース服に着替えた。センターファスナータイプで首元が隠れた、半袖のウエアにズボン。ロッカー内の鏡で身だしなみを整えると、お弁当とタンブラーの入った小さなバッグを手にエレベーターに乗り込み、四階へ向かう。

私の受け持ちは消化器内科だ。

仕事内容は消化器全般のケアや経鼻経管栄養チューブの挿入や抜歯、周術期ケアや生活指導まで多岐にわたる。今日は外来の担当だ。

白とベージュを基調とした清潔感のあるフロア。広々とした待合室には真っ白な長椅子が複数置かれている。その横を通り、フロアの奥の消化器内科を目指す。

三十一歳になった私は、科の中でも中堅となった。

部署内の業務活動や新人の指導係の他に、様々な委員会への出席まで求められる。月に一回行われる委員会は多職種との意見交換の場で、その月に発生した症例や対策の報告を行わなければいけない。

仕事はやりがいがある分、責任もある。

早く安全に、そしてなおかつ正確に業務をこなさなくてはならない。

育児と家事と仕事の両立は思った以上に大変だった。

それでも頑張れるのは、たった一人の家族である息子の護がいるからだった。

昼休みになり、病院関係者専用の食堂へ向かう。食堂内の席はほぼ満席で、食券を買う人の長い列ができている。入り口で困ったように空いている席を探していると、「莉緒！」と名前を呼ばれた。声のする方へ視線を向けると、こちらに向かってブンブンと手を振る美子《よしこ》の姿があった。

「ねぇ、莉緒はこれからもずっと一人でまーくんのこと育てていく気なの？」

持ってきたお弁当を食べる私に川尻《かわじり》美子が尋ねた。

焼肉定食のご飯大盛を豪快に頬張る美子は看護学校時代の親友で、就職先に困っていた私にこの病院を紹介してくれた恩人でもある。

夕飯の残り物の唐揚げを食べながら、頷く。お弁当の中身は大体前日の夕飯と朝食の残り物。今日は唐揚げの他に、ウインナーと青のり入りの卵焼き。それに、茹でたブロッコリーとミニトマトを詰めた簡単な物だ。

「そのつもり。今も忙しいながらなんとかやってるし。ただ、保育園から呼び出し電話がかかってくるのが恐怖だけどね」

熱を出したとか、転んでケガをしたとか。

仕方がないとはいえ、呼び出しの電話がかかってくるのは狙い定めたように忙しい時間帯で、胃をキリキリさせながら看護師長に早退させて欲しいと頼みに行く。

「あるあるだよね。うちも結構呼び出しあるけど、ばあちゃんと旦那がいるからなんとかなってる感じ」

美子にも護と同い年の亜希《あき》ちゃんという娘がいる。

今では良きママ友として相談に乗ってもらっている大切な存在だ。

「余計なお世話だと思うけど、莉緒は頼れる家族がいないでしょ？　もしこの先莉緒になにかあったとき、まーくんのことどうするの？」

「うん……。私もそれは考えることある。だけど、現実的にはどうすることもできないんだよね」

小五で両親を事故で同時に亡くして以来、親戚の家を転々として過ごしてきた。

ほとんどたらい回しされたといっても過言ではない。

どこへ行っても私は厄介者扱いされ、居心地の悪さを感じていた。

高校生になると、父方の叔父の申し出があり生活を共にした。

小太りの優しい叔父さんとしっかり者の奥さんとの暮らしは、穏やかで楽しいものだった。

両親を失ったあと、ようやくできた家族。

それが一変したのは、高三の冬。叔母さんが突然倒れて、この世を去ったのだ。

それから、叔父さんは精神的にふさぎ込み、ギャンブルと酒に溺れて自堕落な生活を送るようになった。

まるで別人のように人が変わってしまった叔父さん。

私は叔父さんとの生活を立て直す為、友達と遊ぶのを我慢してバイトに明け暮れ、高校卒業後は看護学校に進んだ。

三年後、看護師として働き始めたのと同時に私は一人暮らしを始めた。

そんなときだった。突然、玄関のチャイムが鳴った。

『あなたが初音《はつね》莉緒さんですね？』

扉を開けると、強面の男たちを背後に従えた黒髪のオールバックの男が尋ねてきた。

あのときの恐怖が蘇りそうになり、私は慌てて思考をシャットアウトする。

お弁当を食べ終えて蓋を閉じると、美子が少し改まったように尋ねた。

「あのさ、まーくんのお父さんとは連絡とってるの？」

美子の言葉に私は、首を横に振る。

「ううん。そもそも相手には、護を妊娠したことも出産したことも話してないから」

「そうなの？　どうして？」

「ちょっと訳ありで……」

「えっ。ちょっ、不倫とか言わないよね……？」

いぶかしげな表情の美子に、全力で否定する。

「違う違う!!　そんなことしないよ！　相手はちゃんと独身……だと思うけど……」

「なんでちょっと自信なさげなのよ」

美子に突っ込まれて、苦笑いを浮かべる。

悲しいことに、私は愛したあの人のことをほとんどなにも知らないのだ。

「でもさ、莉緒って東山《ひがしやま》病院の跡取りの良太《りょうた》先生と付き合ってたじゃない？　本当はあの人の子とか？」

「それは違う。美子には全部話したでしょ？　良太を後輩に寝取られて、捨てられたって」

「そうだけど……」

美子は以前から、私と護のことをとても心配してくれている。

だけど、すべてを話すことは憚られた。

特に、護の父親の話は誰にもしないと心に固く誓っていた。

「ごめんね、美子。詳しいことは話したくないの。だけど、護が私の子供であることには変わりはないし、これからも私は護にたっぷりの愛情を注いで育てていくつもりだから」

「それは心配してないよ。まーくん、立派に育ってるし。そうそう、亜希が遊びたいって言ってたし、今度うちにまーくん連れて遊びにきなよ」

「ありがとう、美子」

「できることがあったら何でも遠慮なく言ってよ。協力するから」

美子の存在にどれだけ助けられているか分からない。

ありがたい申し出に私は笑顔でお礼を言った。


「終わった……」

午後の業務を終え看護日誌の記入を終えると、大きく伸びをしてからナースステーションを後にした。

保育園のお迎えの時間が迫り早足で更衣室へ向かっていると、数メートル先をスーツ姿の男性二人組が横切った。

診療後は、ＭＲと呼ばれる製薬会社の営業マンが医局に列をなすことも珍しくない。

その手の人間だろうと深く考えずにいた私は、その中の一人の男性の横顔に足を止めた。

目を凝らしてその人を見つめる。

「嘘……」

心臓がドクンドクンッと早鐘を打つ。

男の姿はすぐに私の視界から消えて行く。

見間違いだろうか。いや、そんなはずはない。

あの横顔は確かにあの人……。護の父親の、桐生尊に間違いなかった。

「ママ～？　どしたの？」

「ああ、ごめんね。ちょっとボーっとしちゃって」

護を保育園に迎えに行き自宅アパートに帰ると、約束していたハンバーグを作り始める。

肉だねを手のひらにのせたまま、ぼんやりと考え事をしている私の顔を護は心配そうに覗き込んだ。

「おしごとつかれちゃった?」

「ううん、平気。心配かけてごめんね」

頭の中に残るあの人の残像を必死になって振り払い、笑顔を作る。

「そういえば今日の水遊びどうだった?」

「たのしかった〜! でもね、ともやくんがりんちゃんにおみずかけたの」

「そうだったの。りんちゃん大丈夫だった?」

「ぼくが『ダメ!』っていったら、バカってともやくんがあたまたたいた」

「あらら。どこ? でも、護は偉いね。女の子を守ってあげられるなんて」

「うん! ぼくのおなまえだもん!」

護はえっへんというように胸を張って、得意げな笑みを浮かべた。

大事な人を護ることのできる強い人になって欲しいという願いを込めて、『護』という名前をつけた。

その名前の通り正義感のある、強くて優しい子に育ってくれている。

護を見ていると時折、ふと思う。

あの人も子供の頃、こんな風に無邪気に笑ったんだろうか。

あの人の幼少期を私は知らない。それでも護の顔を見つめていると、ふとあの人の面影が重なった。

「護～、そろそろ寝るよ！」

　夕食を食べ終えてからお風呂に入る。護の髪をドライヤーで乾かして、歯の仕上げ磨きを終えた頃、時計の針は二十時を指していた。

「今日はどの絵本にする？」

　毎晩、寝る前に布団の中で絵本を一冊読み聞かせるのがルーティンになっていた。これをしないと護は寝ようとしない。

　平日は仕事で、一緒にいられる時間は限られている。だからこそ、護とのこの時間が大切だった。

「ママ、これよんで」

「いいよ。はいっ、お布団に入って？」

　寝転ぶ私の隣にもぞもぞと入って、体をぴったりとくっつける護。

「むかーし、あるところに……」

　今日は特に重い物を持つことが多く、腕が疲れているせいか、大判絵本の重みで腕がプルプルと震えて悲鳴を上げる。それでも、仰向けになって本を読んで欲しいと頼んできた護の為に力を振り絞る。

しばらくすると、護の方からすーっすーっと小さな寝息が聞こえてきた。

「今日は水遊びして疲れたんだね」

護のサラサラの髪を撫でてからお腹にタオルケットをかけると、私は寝室を出た。

その足でリビングに向かい、テーブルの上で保育園の連絡帳を確認する。

【今日も変わりなく過ごしています。他の子に意地悪されて泣いていたお友達を心配して、頭をナデナデして励ましてくれる優しい護くんでした】

先生からのメッセージのコメントを見て、ほっこりと温かい気持ちになる。

親バカかもしれないけど、護は本当にいい子に育っていると感じる。

これからもしっかり護のことを育てていかなければと決意を新たにしたとき、手元のスマートフォンが鳴り出した。

画面には知らない電話番号が表示されている。

こんな時間に誰だろうといぶかしみながら電話に出ると、低い男の声が鼓膜を震わせた。

『初音莉緒さん、ですね？』

丁寧な口調なのに、威圧感のあるその声に息をのむ。

「……どちら様ですか」

聞かなくても分かっていた。私は五年前、この男から逃げる為に、夜逃げ同然にアパートを引き払ったのだ。

『忘れたとは言わせませんよ。あなたは、五百万の借金を残して姿を消した。そうでしょう？』

相手に有無を言わさず、選択肢を与えないようなしゃべり方のこの男は川島《かわしま》といい、國武組《くにたけぐみ》というヤクザの取り立て人だ。ワックスでガチガチに固めたオールバックの黒髪。一重の吊り上がった小さな目が特徴的だった。

「私は以前、言われた通り百万の返済をしましたよね？　そのあとの叔父の借金については私が払う義務はありません」

「いいえ、あなたには払う義務がある」

スマホを持つ手がわずかに震える。

その言葉には、絶対に譲らないという、川島の強い思いが込められている気がした。

看護師になり少し経った頃、一人暮らしをしていたアパートに強面の借金取りが現れるようになった。

話を聞くと、私は勝手に叔父の借金の連帯保証人にされていた。厳しい取り立てに恐怖を感じていると、ある日を境に突然取り立て人が替わった。それが川島だ。

不思議なことに川島は他の取り立て人とは違い、一括で返すことを求めたり、返済を急かすことはなかった。

叔父の借金返済の為、二十一歳のときから毎月三万円を川島に支払い、約三年かけて百万の返済をした。

すべて完済したあと、しばらくの間は川島からなんの音沙汰もなかった。それなのに、川島は私が二十六歳のとき、再び姿を現した。そして、今度は一転して五百万円を一括で支払うように要求してきた。

「今、叔父とは一切連絡もとっていませんし、今後もとるつもりはありません。どこに住んでいるのかも私には分かりません。だから、今さらそんなことを言われても困ります」

毅然とした態度で言い返すと、電話口の川島がフッと笑った。

『そういえば、初音さんには、お子さんがいるんですよね？　護くんっていう三歳の男の子……、ああもうすぐ四歳か』

息をのむ。どうしてそこまで知っているの……？

「なにが言いたいの」

『最近はシノギが厳しいんです。ちゃんと回収しないと上に怒られてしまいます』

「五百万なんて私は知りません！」

『あなたは保証人で、支払う義務がある。知らないで済まされる問題じゃありませんよ。大きな病院で看護師として働いているんだし、返せるでしょう？』

川島は、私の私生活を熟知しているような話しぶりだった。

『いいですか、私は必ずあなたから借金を取り返します。二度と逃げようなんてバカな真似はしない方が賢明ですよ。あとでまた連絡します。それまでに有り金、かき集めておいて下さい』

電話は一方的に切られた。

ようやく安定し始めた生活が、再び根底から揺らぎ始める。

五年前、てっきり國武組から逃げ切れたのだと思っていた。あれから今日まで、平穏な日々が続いていたのに……。

「またなの……。どうして……」

五年前のことを回想すると、ギュッと切なさに胸が締め付けられた。

# 第二章　五年前

遡ること今から五年前の十月。

大粒の雨が降り注ぎ、まだ秋だというのに凍てつくような寒さの夜、私は当時付き合っていた東山良太に、『大事な話があるから今すぐ来て』と電話で呼び出された。

「大事な話ってなに？」

「まあまあ。中に入れば分かるって」

彼のマンションに着き、玄関先に傘を置く。そのとき、女物の赤いピンヒールが置かれているのに気が付いた。

なに。どういうこと……？

恐る恐る廊下の先にあるリビングに入った瞬間、嫌な予感がした。

「……初音先輩、ごめんなさい」

私がいつも座っていたソファの定位置で目を潤ませているのは、同じ外科で働く後輩看護師の林葵《はやしあおい》だった。

どうして彼女が……？

慌てた様子もなく堂々とソファに座る林さんを見下ろしたあと、私の隣にやってきた良太に尋ねる。

「これどういうこと？」

「莉緒、僕たち別れよう」

「……はい？」

こういうのを青天の霹靂というんだろうか。

勤務先の病院で出会った医師の東山良太とは、結婚の話も持ち上がっていた。最近はお互いに忙しくて会えない日々が続いていたけど、まさか他に女をつくっていたなんて。

しばらく来ていない間に、部屋の様子までガラリと変わっている。キャラクター物の大きなぬいぐるみがところどころに置かれ、ソファの足元のラグは林さんが好みそうなフワフワなピンクの物に変わっていた。極めつけは、ラグの上のローテーブルにある色違いのハート模様のマグカップ。もちろん、見覚えはない。

「ちょっと待って。どういうこと？」

頭は冷静なのに、体中が燃えるように熱くなり、心臓がバクバクと音を立てて震える。

「僕、葵ちゃんのこと好きになっちゃったんだ」

「なにそれ……。だって、私たち結婚の話も――」

「実はずっとうちの父さんが反対してたんだ。莉緒の家は両親もいないし、親族とも付き合いがない。僕は病院の跡取り息子だし、やっぱり相応な相手と結婚して欲しいみたいでさ」

「私じゃ結婚相手として不相応ってこと?」

違うと否定して欲しかった。

浮気したことは許せないけど、それだけは認めて欲しくなかった。

でも、良太の答えは残酷なものだった。

「そういうことになるね。結婚したって、僕と莉緒じゃ色々差がありすぎて上手くいかないと思うんだよね。育ってきた環境で、養われてきた価値観も違うと思うし。やっぱり結婚まではちょっとね」

「それで林さんとってこと……?」

「うん。その点、葵ちゃんは家柄も申し分ないんだ。それに、彼女は弱いから僕が守ってあげないとダメなんだよ」

良太はそう言うと、林さんの座るソファの隣に腰を下ろして、そっと彼女の肩を抱いた。

「うぅ……良太さん、ありがとうっ……」

涙を流して良太にしなだれかかる林さんにため息が漏れる。

なにこれ。目の前で繰り広げられている茶番に、怒りを通り越して笑いが込み上げてくる。

「あのさ、泣きたいのはこっちだよ。ていうか、私のことは守らなくても平気ってこと？」

「だって、莉緒は強いし、僕なしでも生きていけるよね？」

「私が……強い……」

「強いでしょ。それに、前から淡白だなって思ってたんだ。葵ちゃんみたいに可愛く甘えてくることもないし、サバサバしてる。なんか莉緒は性格が女じゃなくて……男っぽいんだよね」

「ふふっ。良太さん、男っぽいなんて……失礼ですよぉ」

話を聞いていた林さんがクスクス笑う。

必死に心を静めようと息を吐く。

もう、なにを言ってもムダだと気付く。

私をこの家に呼んだ時点で、良太の腹は決まっていたんだろう。

「バカにしないでくれる？　アンタなんかいなくても、生きていけるに決まってるでしょ」

ソファに座った彼氏が、他の女の肩を抱いている。それを、必死に虚勢を張って見下ろす私は、なんて惨めなんだろう。

目頭が熱くなり、ぐっと奥歯を噛みしめて耐える。

泣くもんか。こんなところで絶対に泣いたりしない。

「……まあ、莉緒ならそう言うと思ったよ。でも、一応手切れ金は用意する。悪いけど、病院も今すぐ辞めて欲しい」

「ちょっと待ってよ！　人のことをこんな時間に呼び出しておいて、別れ話したかと思えば今度は病院を辞めて欲しい？　どうしてそこまで無神経な人間になれるの？」

「しょうがないだろう。葵ちゃんのお腹の中には僕の赤ちゃんがいるんだから」

「……は？」

あまりの衝撃に、言葉を失う。

「両家の挨拶を済ませたら、すぐに籍を入れようと思ってる。妻と元カノが同じ職場だなんて、周りの人間に好奇の目で見られるに決まってるだろ。だから、もう病院へは来ないでくれ」

「そういう事情があったから、急いで私を呼び出して別れようとしたわけ？　どれだけ自己中なの!?」

「もちろん、莉緒には悪いことをしたと思ってる。でも、莉緒は優秀な看護師だ。大丈夫。すぐに新しい就職先が見つかるよ」

悪びれる様子もなくニコッと笑った良太を、鋭く睨み付ける。

「私は今の病院を辞めたくない」

「それは困るよ。なら、手切れ金を上乗せする？」

「仕事に行くかどうか決めるのは私でしょ？　あなたが決めることじゃない」

「……いや、僕が決めることなんだよ。あの病院は父さんの物だからね」

有無を言わさぬ口調で言うと、良太は冷めた目で私を見つめた。

「あとで手切れ金を振り込むから、口座番号を教えてくれ。しばらく生活できるだけの金額は払うから安心して？」

それだけ言うと「葵ちゃん、平気？　顔色悪いよ。奥で休みな？」と、良太は林さんの肩を抱いてソファから立ち上がらせた。

「分かった。望み通り別れてあげる。でも、手切れ金なんていらない」

「いや、でも……。そういうのはちゃんとしとかないと後々困ることに……」

良太に支えられた林さんは私と目が合うと、口の端をわずかに持ち上げてほくそ笑む。

その目には確かな悪意が感じられた。

どんなに抗ったとしても認めざるを得ない。

私は後輩に彼氏を寝取られた、可哀想な女なのだ。

「もうアンタの顔なんて二度と見たくないってことよ！　今後一切連絡しませんからどうぞお幸せに!!」

良太にもらったネックレスを外して二人の足元のローテーブルに叩き付けると、私は啖呵を切って家を飛び出した。


「あーあ……、良太の家に傘忘れてきちゃったよ。お気に入りのだったのに……」

来たときよりも激しさを増す雨に打たれ、全身から熱が奪われていく。

二十六歳にして、結婚を前提に付き合った彼氏を後輩に寝取られ、職まで失う羽目になってしまった。

「これからどうしよう……」

絶望感に打ちひしがれる。

新たな就職先を見つけるまでは、貯金を切り崩して生活していくしかない。

看護学校を卒業してから五年間勤めた思い入れのある病院を、こんな形で去ることになるなんて。

一緒に働くスタッフはみんないい人たちだったな……。

良太に内緒であとでこっそり挨拶に行こう。

……どうしてこんなことに。良太と付き合っていた頃の記憶が蘇る。

同じ外科の医師と看護師として知り合って言葉を交わすようになり、次第に親しい仲になっていった私たち。

付き合ってからも　年上とは思えないほど甘えん坊で、少し子供っぽい幼稚なところもあったけど、穏やかで優しい人だった。

私はべったり毎日一緒にいたいというタイプではなかったし、それなりに距離を保ちながらの付き合いが心地よかった。

たとえ会いたいと思う日があっても、良太が忙しいのは分かっていたし、ワガママなど言わなかった。

それなのに……。

「なんなのよ……。私だってそんなに強くないんだけど！」

今頃、二人は暖かい部屋の中で肩を寄せ合っているに違いない。

かたや私は全身びしょ濡れになりながら、寒さにガタガタと体を震わせている。

体を引きずるようにして歩き続けると、ようやく自宅アパートが見えてきた。

思わず目を凝らす。

アパートの階段付近の軒下に、座り込み頭を垂れている男性がいる。

「え……？」

時刻はもう零時を回っている。こんな真夜中にあんなところで何をしているんだろう。

近付いて行き、私はスーツ姿の男性に声をかけた。

「あの……」

酔っ払いだろうか。だとしても、こんなところで寝ていては風邪を引く。

むしろこの寒さだ。命の危険すらある。

「大丈夫ですか？」

「……誰だ、お前」

男は警戒するように眼鏡越しの鋭い眼で私を見上げた。

「よかった……。具合が悪いのかと思って」

意識があることに胸を撫で下ろしたとき、男が腕を押さえていることに気が付いた。

よく見るとスーツの腕の部分が裂け、指の間から血が流れていた。

それどころか、Yシャツの胸元にはところどころ飛び散ったかのような血液らしきものが付着している。

「ケガしてるじゃないですか……！」

「うるさい。俺に構うな」

「だって血が……。今すぐ救急車を――」

スマホを取り出そうとすると「やめろ！」と怒鳴られた。

「いいから放っておけ」

頑なに拒絶するのにはなにか訳があるんだろう。

そうでなければ、こんな真夜中にこんなところに座り込んだりしていないはずだ。

「だったら、今すぐ病院に行くべきです！」

「いちいちうるさい女だ」

男はうんざりしたように言い放つと、再び目をつぶった。

「傷付いている人をこのまま放っておくことはできません」

私はケガをしていない方の男の腕を掴んで、自分の首に回した。

「しつけぇな。放っておけと言ってるだろうが」

鋭い眼光で睨み付けられ、あまりの迫力に一瞬気圧される。

でも、このまま男をこの場に放っておくことはできなかった。

「いいから立って！　応急処置ぐらいならできますから」

渋々立ち上がった男は一八〇センチをゆうに超えていた。

私は男の腰辺りに腕を回して、歯を食いしばりながら男を引きずるようにアパートの階段を上がって行く。なんとか部屋のある二階まで辿り着くと、ハァハァと息が切れた。腕はビリビリと痺れて、力が入らない。

一六五センチの私ですら見上げてしまうほど背の高い男を、最後の力を振り絞って必死に支えながら、雪崩れ込むように部屋に入る。

築十五年の１Ｋ。玄関を入ってすぐキッチンがあり、その奥に八畳の部屋がある。

私は、二人掛けの小さなダイニングテーブルの椅子を引いた。

「ここに座って下さい」

「やめろ。今ならまだ間に合う」

男を椅子に座らせ、Ｙシャツに手をかけようとすると制止された。

「なにを言ってるんですか。早く止血しましょう。Yシャツが血まみれですよ？」

「これは俺の血じゃない。返り血だ」

「はい？　いいから早く脱いで下さい!!」

「――俺は警告したからな」

男は観念したようにYシャツのボタンに手をかける。

私は男の背後に回り、ベッドサイドの棚から救急箱を手に振り返った。

「脱げました……か……？」

視線がある一点に注がれる。目の前には、緑色の鱗に赤い腹の色鮮やかな昇り龍がいた。

それは、逞しく引き締まった男の大きな背中一面に彫られた入れ墨だった。

「脱げたぞ」

男が振り返り、体をこちらに向ける。入れ墨は背中だけでなく胸元や腕にまで連なっていた。左肩には虎、右肩には般若の入れ墨が彫られている。

「なっ……」

あまりの驚きに目を見開き身動きが取れずにいると、男は冷めた目で私を見た。

「とんでもねぇのを拾ったって、後悔してんだろ？」

眼鏡の奥の瞳に真っすぐ射抜かれて、ごくりと唾を飲み込む。

男は信じられないぐらい精悍な顔立ちをしていた。

鼻は高く、太すぎない眉はすっきりと一文字に伸びている。

「あなた……ヤクザなの？」

「ああ。見ての通りだ」

清潔感のある整えられた黒髪とかけている眼鏡が極道くささを薄めていたものの、その瞳の奥は鋭さを秘めていた。

私は男の前まで歩み寄ると、ダイニングテーブルの上に救急箱を置き、真っすぐ彼を見た。

「……そう。だけど、あなたを助けたことに後悔はしていません」

「なぜだ」

「傷付いた人を置き去りにすることなんてできませんから」

「それは相手がカタギの人間だったらの話だろう。俺は違うぞ」

「あなたがヤクザだろうがなんだろうが、私には関係ありません。それに、あなただって普通の人間です。もしあなたがヤクザだからって助けなければ、自分に反吐が出て一生後悔するでしょうね」

「俺が普通の人間だと？」

真っ黒く鋭い男の瞳がわずかに揺れる。

「そうでしょ。それともなんです、あなた宇宙人かなにかですか？」

私は男の腕の傷口を確認する。

その傷は鋭利な刃物で切り付けられたような形状をしていた。

長さはそれほどでもないものの、深さはそれなりにありそうだ。

「本来ならこの深さの裂傷だと縫合が必要になります。本当に病院に行かなくていいんですか？」

「行かないと言っているだろう」

男は頑なだった。仕方なく救急箱から必要な物を取り出すと、傷の部分を綺麗に洗浄して家にあった軟膏を塗布した。

相当な痛みを感じているはずなのに、男はうめき声の一つも漏らさない。

ただジッと私の処置を黙って見守っている。

「今後化膿する可能性もあるので、一応抗生剤も飲んで下さい」

包帯を巻きすべての処置を終えると、男がいぶかしげに尋ねた。

「ずいぶん手際がいいな。お前、何者だ」

「ただの看護師です」

「ああ、通りで」

納得したように呟いた男はポケットから財布を取り出して札を抜き取ると、私の前に放り投げた。

何枚もの一万円札が宙を舞い、私の足元に落ちる。

「礼だ。受け取れ」

「……なんですか、これ」

「手当てをしてもらった礼だ。足りないか」

「違います！　そうじゃなくて、どうしてお金なんて……」

「俺のような見ず知らずの人間を家に上げて手当てをしたんだ。それ以外にどんな目的がある？」

「傷付いている人がいたら誰だって助けました。お金欲しさに助けたわけじゃありません！　そんな風に言われるのは心外です」

「誰だって……か」

私はしゃがみ込み、床に散らばったお札を拾い集めて男に突き返した。

「だから、お金はいりません。お返しします」

目の前にいる男が怖いわけではないのに、お札を差し出す手が小刻みに震える。

『初音さん、早くお金を返して下さい。こちらも手荒な真似はしたくないんですから。でも、あなたの態度次第ではこちらも黙っていませんよ？』

借金取りの川島やその仲間のヤクザに恫喝されて過ごした数年前の記憶が蘇り、私はギュッと目をつぶった。

「手、震えてるぞ。たくましいのか弱っちいのか分かんねぇ女だな」

「いいから早く受け取って下さい」

「ったく。強情なやつだ」

男はお金を受け取ると、再びYシャツを手に取り袖を通す。

「だが、お前のおかげで助かった。礼を言う。名前は？」

「初音莉緒です」

「初音莉緒、か」

「あなたは？」

男は一枚の名刺を取り出して私に差し出した。

そこには【龍王組《りゅうおうぐみ》　若頭　桐生尊】と記されている。

ヤクザから取り立てを受けていたけれど、内部のことや用語は全然分からない。けれど、若頭という役職が組織の中で高い位置にあることだけはなんとなく分かった。

まだ二十代後半ほどに見えるのに、その地位に就けているということは相当なやり手に違いない。

「この辺りではうちの組は顔が利く。もし困ったことがあったらその名刺を見せろ。なにかの役に立つこともあるかもしれない」

「顔が利くとかあるんですか……？　なんだかよく分かりません」

首を傾げると、桐生さんはフッとわずかな笑みを浮かべた。

「そんなこと知らなくてもいい。それより、お前はどうしてそんなにずぶ濡れなんだ」

すると、桐生さんが私の全身を見つめて尋ねた。

「……ずいぶん今さらですね」

「なにがあった。手当てしてもらった礼に話ぐらい聞いてやろう」

着替えを済ませると、桐生さんは腕を組み私の言葉を待った。

話を聞いてくれるというので、私は彼と向かい合うようにダイニングテーブルに腰かけた。

「じゃあ、お言葉に甘えて愚痴らせてもらいます。実は今日、結婚まで約束していた相手を後輩に寝取られて、捨てられたんです」

「それは災難だったな。で、理由は?」

「相手の親が私たちの結婚に反対していたみたいです。私、両親が小五のときに交通事故で亡くなってから、親戚の家を転々としていて……。それで家柄がよくないって判断されたんだと思います」

膝の上の拳をギュッと握り締める。

「っていうのは建前で、本当は彼に飽きられたんでしょうね。後輩の子、私よりも若くて可愛いくて愛想もいいし。守ってあげたいタイプの子っていうか」

『だって、莉緒は強いし、僕なしでも生きていけるよね?』

『強いでしょ。それに、前から淡白だなって思ってたんだ。葵ちゃんみたいに可愛く甘えてくることもないし、サバサバしてる。なんか莉緒は性格が女じゃなくて……男っぽいんだよね』

良太に私は強い女だと思われていたようだ。本当はそんなことないのに。

性格だって女っぽいとはいえないかもしれないけど、あんな風に言うことないじゃない。

正直、あの言葉は私の心にダメージを負わせた。

「私ももっと甘えればよかったのかな。そうすれば幸せになれたのかな……」

ああ、ダメだ。感情が込み上げて目頭が熱くなり、慌てて唇を噛んだ。

「おめでとう。その男と別れられてよかったな」

「え……？」

さらりと言ってのける桐生さん。

「あのっ、私の話聞いてました……？」

「結婚したら、そのクソ野郎と何十年も一緒に暮らさなくちゃいけなくなるところだったんだぞ。逆にこの程度で済んだことをよしと思え。お前はラッキーだ」

「なっ……」

「その男がどんな奴か俺は知らない。だが、これだけは言える。お前みたいな女にその男はもったいない」

告白されて付き合ってからもずっと思ってた。

良太のような人の彼女が私なんかじゃ、もったいないんじゃないかって。

だから、逆だなんて考えたこともない。

学歴や家柄、育ちの違いに一番こだわっていたのは私の方なのかもしれない。

「それに、お前のよさに気付かずに捨てるなんて、その程度の男ってことだ」

ぶっきらぼうな言い方ながら、その言葉に私の心は軽くなった。

私の話を聞き終えた桐生さんは、身支度を済ませて立ち上がると、玄関に向かって歩き出す。

「早く風呂入れ。そのままじゃ風邪引くぞ」

「は、はい……」

「この借りは必ず返す」

桐生さんが玄関を出て行く。

あんなに激しかった雨は、いつの間にか止んでいた。


「ヤクザって意外と暇なんですか？」

信じられないことにあの夜から桐生さんは度々我が家を訪れるようになった。

最初は消毒の為と理由をつけていたものの、その必要がなくなった後もふらりと現れては特に理由もなく上がり込む。

短いときには数十分、長いときでは数時間居座り、用ができると出て行ってしまう。

「暇じゃねぇよ。見れば分かるだろ」

まるで自分の家のようにダイニングテーブルの上にノートパソコンを広げる桐生さ

んは、私の方を見ることなく答える。向かい合って座る私はテーブルに肘をつきながら、まじまじと桐生さんを見つめた。

黒髪を整え薄いレンズの銀縁のシャープな眼鏡をかけスーツを着こなす桐生さんは、一見すると仕事のできるエリートサラリーマンだ。

この人の背中に、あんな大きな彫り物があるなんて今も信じられない。

パソコンを見つめる桐生さんの目は真剣そのものだ。

「今、どんな仕事してるんですか？」

「見るな」

何気なくパソコンを覗き込もうとすると、ギロリと睨まれた。

「やっぱり悪いことしてるんですか？」

「なんだ、やっぱりって。失礼なやつだ。お前が知ることじゃない」

ヤクザに睨まれているのに、恐いという感情は湧かない。一緒に過ごしているうちに、彼が私に危害を与えるような人ではないと分かった。

「知られたくないならどうしてうちに来て仕事するんですか？」

「それは――」

なにかを言いかけたタイミングで、桐生さんの電話が鳴った。

「静かにしてろよ」

私に言いつけてスマートフォンを耳に当てる桐生さん。

静かにって、ここ私の家なんですけど……！

「……んだと。テメェ、何度言ったら分かんだ、こら」

すると、電話で話す桐生さんの顔がどんどん不機嫌になっていく。

「あの銀行は例の組のフロント企業に巨額の融資をしてるって前に言ったよなぁ？それが回収不能になって、今後破綻する未来しか見えない、違うか？」

聞きなれない怪しげなワードに私まで緊張を強いられ、息をのむ。

「あそこの頭取はあっちの組と深い癒着があんだよ。次からはもっとよく調べてから連絡してこい。てめぇのその詰めの甘さが命取りになるのを自覚しろ。……二度はねぇぞ。分かったな？」

眉間に皺を寄せて怒りを露にする桐生さんの口調には、威圧感がある。

電話を切ると、桐生さんは小さく息を吐き、パソコンを閉じた。

「もう昼か。道理で腹が減るわけだ。なにか買ってくるが、お前はなにが食べたい？」

先程までの険しかった表情と口調が嘘みたいに、私には普段通りに接してくる桐生さん。今までもそうだった。なにか問題が起こっても、私に対して不機嫌な様子を見せたり八つ当たりすることは一切ない。

「えっ、私ですか？　いやいや、私の分はいいですよ」

「場所を借りている礼だ。遠慮するな」

遠慮っていうか、そもそもどうして我が家にいるんですか……？

「あの……実は昨日、夕飯を作りすぎてしまって……。よかったら食べます？」

「昨日の夕飯？　俺に毒盛るつもりじゃねぇだろうな？」

「なっ!!　そんなことしませんよ!!」

失礼なことをサラッと言う桐生さんに、怒りで顔が引きつる。

「いや、まあそんなこと言うなら無理に食べてとは言いませんけど」

「無理とは言っていない。それでいい」

やれやれと心の中でため息を吐くと、私は桐生さんの分の昼食も用意した。

鮭の南蛮漬けとひじきとごぼうのサラダ、それに小松菜の味噌汁。

「いただきます」

きちんと両手を合わせてから箸を手にした桐生さん。

テーブルに並べられた料理に最初は少し構えていた様子の桐生さんだけど、食べ始めると硬かった表情がみるみるうちに緩んだ。

「……美味い。お前、料理上手いんだな」

美味しそうに大きな口でご飯を頬張る無邪気な姿に、ちょっぴり母性本能をくすぐられてしまう。

「まあ一応結婚しようと思ってたぐらいなので、それなりに料理の勉強はしました」

「できなかったけどな」

「そうやって傷口広げるのやめてもらえます!?」

「もう傷口なんてとっくに塞がってんだろ」

桐生さんの言う通りだ。

彼に捨てられてから二週間が経った。

普通ならば、しばらく落ち込んでなにも手に付かず、自堕落な生活を送ることになっただろう。けれど、私の日常は変わらなかった。仕事は辞めることになったものの、わずかながらあった貯金のおかげで何不自由ない生活を送れている。それには、桐生さんの影響も大きい。掴みどころのない桐生さんと一緒にいると気が紛れて、良太のことを思い出さずに済んだ。

「こういうものを、家庭料理っていうんだろうな。俺には全く縁がなかったものだ」

食事をとりながら、桐生さんがポツリと呟く。その目はどこか少し寂しげだったけど、踏み込んで聞いてはいけないような気がした。

「桐生さんって普段、どんな物食べてるんですか？」

「ほとんど外食かコンビニ弁当だ」

「えっ。そんな食生活じゃ、体を壊しちゃいますよ」

「別にいい。俺が体を壊そうが、誰も困る人間なんていないからな」

「そんなこと――」

　桐生さんが倒れたら、私が困る……。

　こうやって言葉を交わしたり、一緒にいられる時間が、今の私にとってかけがえのない大切なものになっていたから。

「で、仕事は見つかりそうか？」

　私が言い終わる前に、桐生さんは話題を変えた。

「そうですね。看護師は求人も多いので見つかるとは思うんですが……」

「なにか問題でもあるのか？」

「次は寮がある病院を探そうと思っているんです」

「寮……？」

　桐生さんの眉がわずかに反応した。

「はい。寮だと家賃が格安なので」

「このアパートじゃダメなのか？」

お代わりした大盛ご飯までペロリと平らげた桐生さんが、箸を置き私を見つめた。

「ここの家賃と比較して安いところを探すつもりです。その方がお金も貯まるので」

「金に困ってるのか？　それなら、このアパート代を俺が払ってやる」

スーツの内ポケットに手を伸ばした桐生さんを、慌てて制止する。

「いやいや！　そんなのダメですよ！」

「ここで仕事ができなくなると困るからな。それぐらいお安い御用だ。なんなら他に必要な物があれば用意してやる」

「だから、ダメですって！」

私は首を横に振った。

叔父の借金の百万を肩代わりしたなんて、桐生さんに話せるはずもない。

二十四歳の頃、借金の返済は終わった。けれど、職も失ってしまった今、今後の為にも堅実に過ごして少しでも貯金を増やしておきたい。

「初めて会ったときも思いましたけど、桐生さんはお金を軽く扱いすぎです。もっと大切にしないと」

「別に軽く扱ってなどいないが。それに、自分で稼いだ金をどう使おうが俺の自由だ」

桐生さんは不服げに反論する。

「だったら、私なんかの為にそんなお金の使い方しないで下さい」

「どういう意味だ」

「桐生さんにもいるでしょ？　大切な人。例えば、彼女とか……？　お金はそういう人の為に使って下さい」

「俺に大切だと思える女はいない」

「へぇ、そうなんですね……」

意外だった。ヤクザの若頭かつ、この容姿だ。

たくさんの女性を侍らせていると思っていたのに。

「だったらなおさらのこと、今後できるかもしれない大切な人の為にとっておかないと」

納得がいかないという表情を浮かべたものの、桐生さんは私に無理強いはしなかった。

「……話は分かった。だが、もしお前が困っているようなら……」

「――大丈夫です。困ってませんから。ただ、これから先いつかは結婚して子供も欲しいし、その為にはちゃんと貯金しておいた方がいいじゃないですか」

「お前はそんなに家庭を持ちたいのか？」

「そりゃそうですよ。私は家族が欲しい。温かい家庭を築いて、幸せになりたいんです」

「温かい家庭っていうのも普通の幸せというものも、俺にはよく分からない」

一瞬だけ、桐生さんは怖い顔をした。

でもすぐに元通りのポーカーフェイスに戻る。

「桐生さん、ご家族は？」

「俺もお前と一緒で家族がいない。生きているのかも死んでいるのかも分からないし、興味もない」

吐き捨てるように言った。

すべてを諦めているような目をしている桐生さんが、どこか自分と重なり合う。

きっと桐生さんにも苦しい過去があるに違いない。

「でも、お前ならきっと家族ができる。温かい家庭を築いて幸せになれるはずだ」

さっきとは打って変わって、優しい声色で桐生さんが言った。

「本当にそう思ってます？　適当に言ってません？」

「言ってねぇよ。お前は世話好きで料理も得意で、極道も怖がらないたくましい女だからな」

「たくましいって、それ褒めてます？」

「多分な」

「多分って！　失礼な!!」

怒って声を上げると、桐生さんはわずかに表情を緩めた。

「たくましいくらいの女の方が俺は好きだ」

トクンッと心臓が鳴る。

『だって、莉緒は強いし……』

あの日、良太にそう言われて私は深く傷付いた。

でも、桐生さんはそのままでいいんだと、私の強さを肯定してくれている気がした。

彼の言葉に胸が震える。

そんなことサラリと言わないでよ……。勘違いしそうになる。

桐生さんがたまに見せるほんのわずかな笑みを見ると、こっちまで嬉しくなる。

もっと笑って欲しい。もっと違う顔を見たい。もっと……。

桐生さんを知りたくなってしまう。

「美味かった。ご馳走様」

桐生さんは立ち上がると、食べ終わった食器を流しに置いた。

約束もなく唐突にやってきては、今のように気まぐれに帰って行く。

「じゃあ、お気を付けて」

「ああ」

革靴を履き玄関を出ようとしたとき、桐生さんが唐突に振り返った。

「そういえば、さっきなんでここで仕事をするのかって聞いたな」

「聞きましたけど……」

「この家にいると落ち着く。仕事が捗るからここでやっているだけだ。迷惑か？」

いつからだろう。

桐生さんがこの部屋を出ると、妙に物悲しい気持ちに駆られるようになってしまったのは。

一緒にいる時間を楽しいと感じるようになったのは。

彼がうちに来ない間、なにをしているのか考えるようになったのは。

「迷惑って言ったらもう来ないんですか？」

「来る」

「じゃあ、聞く必要ないじゃないですか」

「それもそうだな」

思わず笑ってしまった私に、桐生さんもつられて笑った。

桐生さんの知らない顔を見るたびに、喜びが胸の中にじんわりと広がる。

彼の心の中を覗けたらいいのに。そうしたら、もっと心を開いてくれるんだろうか。

私はどんどん欲張りになっていく。

心の中に芽生えた感情に気付いていながら、私は必死に蓋をしたのだった。


十月三十一日、今日はハロウィンだ。

昨日の快晴とは一転して、冷たい雨が降っていた。

掃除や洗濯など一通りの家事を済ませたあと、私はレインブーツを履き、買い物に出かけた。

『明日の夕食、うちで一緒に食べませんか？』と昨日、勇気を出して桐生さんを誘った。

私の方から桐生さんを我が家へ招いたのは、初めてだった。

怪訝な顔をしていた桐生さんだけど十九時には行くと了承してくれた。

冷たい北風に吹かれて体を縮こまらせながら歩く。視線の先にあるコンビニののぼり旗がバタバタと激しく揺れて、今にも飛んで行ってしまいそうだ。店から飛び出してきた店員が慌てて旗を回収する。

スーパーで買い物を済ませて外に出ると、雨風は強さを増していた。

帰路に就く途中、強い北風が吹き、傘がひっくりかえって傘骨が何本も折れた。

修復不能な状態の傘を片手に、私は駆け出す。

耳まで真っ赤になり全身が冷え切っているというのに、桐生さんの喜ぶ顔を思い浮かべると、厳しい寒さも我慢できた。

夕方になると、私はハロウィン用の料理を準備し始めた。手作りの煮込みハンバーグの上に、かぼちゃのオバケの形にくり抜いたチェダーチーズをのせた。それと、かぼちゃのスープ、チーズを包帯に見立ててウインナーに巻いて作ったミイラ。

作り終えて時計の針を見ると、十八時を回ったところだった。

もうすぐ来るはずだと期待に胸を弾ませながら待っていたものの、桐生さんは一向に姿を現さない。

「……桐生さん、遅いなぁ」

時間が過ぎていくにつれ、不安が増していく。また以前のようにケガをしているんだろうか。それとも、ここへ来る途中で事故に……？

いてもたってもいられないぐらい心配でたまらないのに、私が桐生さんに連絡する術はない。それが、ただただ歯がゆかった。

玄関のチャイムが鳴ったのは、二十二時を回った頃だった。弾かれたようにダイニングの椅子から立ち上がり、玄関に向かって駆けていき、扉を勢いよく開ける。

「桐生さん！　大丈夫ですか？」

縋りつくように桐生さんに尋ねると、桐生さんは目を丸くした。

「すまない。仕事のトラブルで遅くなった」

急いで来てくれたんだろう。わずかに息を切らして肩を上下させている桐生さん。

無事だったことに心底安堵して、張りつめていた糸がプツリと切れた。

「仕事……か。それならよかったです……」

「おい、どうした」

ヘナヘナとその場にしゃがみ込んだ私の前に膝をつき、心配そうな桐生さん。その姿が涙で滲む。

「約束の時間を過ぎても来ないから、桐生さんに何かあったのかもしれないって心配になっちゃって……。それで……」

「どうしてお前が俺の心配なんてするんだ」

「心配するに決まってるじゃないですか。むしろ、いつも心配してますよ。またケガしてたらどうしようとか、心配でたまらないのに、私はあなたを待つことしかできない。なにもしてあげられない」

桐生さんは、ボロボロと涙を流す私の対応に困っている様子だった。

「分かった、俺が悪かった。だから、泣きやめ」

大きな手のひらで、私を励ますようにトントンッと背中を叩く桐生さん。

その不器用な優しさに、私の涙はしばらく止まってくれなかった。

ようやく落ち着きを取り戻した私は、用意しておいた料理を温めて桐生さんに振る舞った。張り切ってあれこれ作りすぎたせいで、ダイニングテーブルの上は料理で埋め尽くされている。

目の前の料理を色々な角度から眺めると、桐生さんが尋ねた。

「すごいな。これ、全部お前が作ったのか?」

「はい。ハロウィンなのでそれっぽい料理を食べてもらいたいな、と」

「ああ、今日だったのか」

部屋のカレンダーに視線を向けると、桐生さんは納得したように言った。

「その反応……、もしかして知らなかったとか？」

「イベント事には縁がないからな」

「まあ、私もハロウィン用のメニュー作ったのは初めてですけどね」

「それなら、どうして今日に限って作ったんだ」

ずっと考えていた。桐生さんの為になにかできないかって。

私が桐生さんを助けたことで始まった関係。だけど、今は私が桐生さんに助けられている。こうやって一緒に食卓を囲めることに、幸せを感じている。

目が合うと、私は微笑んだ。

「どうしてって、桐生さんに喜んで欲しかったからです」

「俺に？」

「はい。まあ、話はあとにして冷めちゃうので食べましょう」

桐生さんは一口一口噛みしめるように料理を口に運んだ。

食事を終えた頃、日付が変わろうとしていた。帰る支度を整えながら桐生さんが視線を向けた。

「お前は、こういうイベントが好きなのか？」

「なんですか、突然」

唐突な質問に苦笑する私に、なおも真剣な眼差しを向ける桐生さん。

「まあ、大体の女性は好きなんじゃないですか？」

「他の女じゃなく、お前のことを聞いてるんだ」

「私は好きです。イベント好きな両親だったので、誕生日とかクリスマスとか毎年盛大にお祝いしてましたし。いまだに思い出して幸せだったなって懐かしくなるときもあります」

「そうか」

玄関扉を開けると、冷たい北風が室内に吹き込んできた。

「今日は色々悪かった」

「そんなの気にしないで下さい。私がしたくてしてるだけなので」

「また、来ていいか」

桐生さんの言葉に私は笑顔で頷く。

「もちろんです。待ってますね」

小さく手を振ると、桐生さんはぶっきらぼうに手を上げて去って行った。

「姐さん！　この煮物めっちゃくちゃうめぇっす！」

『いただきます』と律儀に両手を合わせてから、ダイニングテーブルに用意した食事を豪快に食べ始める男性。桐生さんは男性と向かい合うように座っている。

「だから、俺の言った通りだろ。こいつが作る飯は世界一美味いんだ」

得意げな表情の桐生さんに、思わず顔を引きつらせる。

「とりあえず、その姐さんって呼び方、やめてもらっていい？」

来客用に用意していた折り畳み用の椅子を引っ張り出してきた私は、二人のすぐそばに腰かけた。

あれから一か月。アパートにやって来るのは桐生さんだけではなくなった。

「いや、だって兄貴の彼女ですもん。姐さんって呼ぶしかないっしょ！」

「私、桐生さんの彼女じゃないから！」

「え、そうなんっすか？　じゃあ、お二人の関係は？」

不思議な顔で私と桐生さんを交互に見つめる男性。

「なんでしょうね。たまにふらりとやってきて帰って行くだけですから」

「そうだな。俺たちの関係に名前はない」

「ああ……、愛人っすか！」

「違います‼　不健全なことはしてません‼」

「はははは、姐さん、ツッコミ速いっすね。反射神経良すぎっすわ」

私をバカにしたようにケラケラ笑うこの男は松田樹《まつだいつき》。

桐生さんの舎弟らしく、本人曰く若頭付という秘書的ポジションらしい。

複数のピアスホールのあいた耳たぶ。それに、センターパートのアッシュ色の髪。

身長は一七五センチほどだろうか。

体の線も細いし、女性と間違ってしまいそうなほど整った綺麗な顔をしている。

俗にいう美少年っていうやつだ。

正直に言って、とてもヤクザの一味には見えない。

口調も軽いし、どちらかというと夜のお仕事が似合いそうな人。

間違いなく、女性に困らないタイプの人間だ。

私に対しての態度や口調もごく自然で、威圧感など一切感じない。本人は無自覚だろうが、きっと人がいいんだろう。フレンドリーな態度に、こちらまでちょっぴり気を許してしまう。

すると、突然桐生さんの電話が鳴り出した。

ちょっと出る、と言い残して椅子から立ち上がると、アパートを出て行く桐生さん。

その背中を見送ると、私はリスのように口いっぱいご飯を頬張る彼に、視線を向けた。

「ていうか、姐さんは本当にやめて。松田さんは二十五歳で私は二十六歳だから一歳しか違わないし。むしろ、生まれた月によっては同い年かも……」

「いやいやいや、松田さんってのやめて下さいよ！　〝まっちゃん〟の方がいいっす。兄貴は俺のこと松って呼ぶんでそれでもいいっす！」

いや、口が滑っても絶対に松なんて呼べないでしょ。

「じゃあ、〝まっちゃん〟で」

「了解っす～！　つーか、兄貴遅いっすねぇ」

部屋を出て行ってからもう十分以上も経っている。私はそそくさと桐生さんが座っていた椅子に移動して、ぐっと身を乗り出した。

「ねぇ、松ちゃん。つかぬことを聞くけど、やっぱり桐生さんてすごい人なの？」

「そりゃそうっすよ！　二十九歳で龍王組の若頭っすもん。若頭ってのは組長の下なんで、次期組長っす」

「次期組長……。てか、二十九歳……私の三個上だったんだ……」

見た目は二十代後半に見えるし、年相応だ。けれど、常に余裕があり冷静沈着な桐生さんは、私の三歳年上とは思えないほど大人びていた。

龍王組という極道がいるのは知っている。

全国的なニュースで取り上げられることもあるし、名の知れた極道であることは間違いない。

桐生さんがそんなすごい組の次期組長だなんて……。

「てか姐さん、兄貴の年知らなかったんすか？」

「だって自分のこと全然話そうとしないから」

「じゃあ、俺が教えますね。桐生尊、二十九歳。身長一八五センチくらい、体重は不明で血液型はO型かA型っす。多分」

「ものすごーく、ざっくりしてるのね」

あまりに適当な表現に苦笑いを浮かべる。すると、松ちゃんは興奮したように前のめりになって話し始めた。

「で、兄貴のすごいところなんすけど、組長と血縁関係にないんですよ。天性の頭の良さと腕っぷしを買われてスカウトされた貴重な人材っす」

「そうなの……？」

我が家で仕事をしているときの桐生さんの様子を見れば、仕事ができる人であることはよく分かる。

しかも、集中力が半端じゃない。一切休憩も取らずにパソコンに向かい合えるのはある種の才能に近い。

「確かに頭はよさそうだけど、腕っぷしも強いのね。でも、そういうイメージはないなぁ」

「いや、それは姐さん見誤ってますよ。あの人、元はバリバリの武闘派ですからね。龍王組の桐生って名前だしたら、そこらの極道はすぐに引っ込みますって」

バリバリの武闘派がどういうものか分からないけど、血生臭いイメージが頭に浮かぶ。

そういえば、ケガをしていたときも着ていたYシャツの腕以外の場所が血で汚れていた。

返り血って……もしかして相手の血ってこと……？

なにをどうやったらあんな風に返り血を浴びられるわけ？

私は慌てて話題を変えた。

「そういえば桐生さん、いつもうちで仕事してるんだけどなんの仕事をしてるのか教えてくれないんだよね。やっぱり悪いことしてるの？　覚せい剤とかオレオレ詐欺とか……」

「ははっ！　やっぱ極道ってそういうイメージっすよねぇ。でも、龍王組は違います。薬なんて一発破門案件っす。特に兄貴は頭脳派なんでそんなことしませんよ」

「え……、さっきバリバリの武闘派だって言ってなかった？」

困惑して尋ねると、松ちゃんは得意げに鼻を鳴らした。

「それは過去ですって。今はフロント企業の建築会社と不動産会社の経営に携わっています」

「そうなの？」

「兄貴は中学の頃に組長に拾われて、高校大学と私立の最難関校を卒業してます。そのあと、宅建と司法書士も一発合格って聞きました。ま、俺もそれがどういう資格か分かんねぇっすけど」

「私もよく知らないけど、難しい試験だっていうのはなんとなく……」

「すげぇっすよね、兄貴。一見すると、極道だって分かりませんし」

自分のことのように得意げに胸を張る松ちゃん。

「いや、それをいうなら松ちゃんも分からないよ……」

「そうでしょ？　俺、オシャレ番長なんで。今はバリバリのパンチパーマみたいな極道少ないっすからね」

しゃべりながらテーブルに並べられた食事をペロリと平らげると、松ちゃんはパチンっと両手を合わせた。

「ごっそーさんした！　姐さんの作る飯、めっちゃ美味かったっす！」

松ちゃんの言葉と同時に、桐生さんが部屋に戻って来た。

その顔は深刻そうでなぜか嫌な胸騒ぎがした。

「昨晩、俺たちの派閥の奴らがケガを負わされた。この辺りは國武とうちで抗争中だが、昨日のは俺を刺した奴と同じだ。桜夜《おうや》たちが雇った半グレだろうな」

瞬間、松ちゃんから先程までの笑顔が消え失せると、まるで別人のように目を吊り上げた。

「やっぱり桜夜さんたちの仕業だったんすね。報復しますか」

「いや、桜夜は何事も力でねじ伏せようとする。だから、ここで動いたらアイツの思うつぼだ」

「じゃあ、どうします。たとえ内部抗争に発展したとしても、やられっぱなしじゃ終われねぇっす」

松ちゃんが奥歯をギリギリ鳴らしながら、ドスの利いた声を響かせる。

「当たり前だ。アイツの好きになんてさせねぇ。上と話し合う」

「車手配します」

松ちゃんが出て行くと、桐生さんは椅子から立ち上がった私を見つめた。

「しばらく来られなくなるかもしれない」

なにか大きな問題が発生したと悟り、私は黙って頷く。

「あ……、実は言いそびれていたんですけど、私もようやく就職先が決まりそうなんです」

「寮に住むのか？」

「それが、残念ながら寮つきの求人は見つかりませんでした。なので、このアパートから通います」

「……そうか。まあ、ひとまず再就職が決まりそうでよかったな。おめでとう」

ほんの一瞬だけ、桐生さんの口角がわずかに持ち上がった気がした。

またこのアパートに来られるって喜んでくれているの……？　って、まさかね。

「これ、やるよ」

すると、桐生さんがポケットから取り出したなにかを、私に差し出した。

「ハンドクリーム？」

「昨日、指先が切れて痛いって言ってただろ」

毎年寒くなる時期になると、指先があかぎれで切れてしまう。

ちょうどハンドクリームを切らして騒いでいたのを、桐生さんに聞かれていたようだ。

「来るとき寄ったコンビニで買った。飯とか色々世話になってるからな。本当はもっと違う物の方がいいと思ったんだが、今は忙しくて時間が取れない」

「そんなの気にしないで下さい。ご飯だって大した物作ってませんし」

「そういうわけにはいかない。もし欲しい物があれば言うんだ。いいな？」

「今の私はハンドクリームが一番嬉しかったです。ありがとうございます。大切に使いますね」

だって、これは桐生さんからの初めてのプレゼントだから。

笑顔でお礼を言うと、バチっと至近距離で目が合った。ポーカーフェイスの桐生さんの顔がわずかに綻んだ。

「なんでだか分からないが、お前が喜んでるのを見ると俺も嬉しくなる」

眼鏡の奥の瞳がアーチを描く。

初めて見た穏やかな笑みに、心臓がトクンッと震えた。

桐生さん……こんな優しい顔して笑うんだ。

「兄貴、迎えが来ました」

「――ああ、行くぞ」

桐生さんは、アパートから少し距離のある場所に停まった黒塗りの高級外車に乗り込んだ。

その日からしばらくの間、桐生さんが姿を見せることはなかった。

ぽっかりと胸に穴が開いてしまったみたいな空虚感に襲われる。

あの人は極道で私とは生きている世界の違う人。

連絡先だって知らないし、今この瞬間、桐生さんがどこでなにをやっているのかも分からない。

でも、彼が姿を見せない時間が長くなればなるほど、私は桐生さんへの想いを募らせていった。

「よう、元気だったか？」

二週間ぶりの夜に姿を現した桐生さんはとても疲れているように見えた。

その姿に胸が締め付けられる。私が彼にしてあげられることは、ただ黙って迎え入れることだけだ。

「それなりに元気にしてましたよ」

「それなり？　なにかあったのか？」

私の顔を心配そうに覗き込んだ桐生さん。私はフルフルと首を横に振る。

ただ、桐生さんに会えなくて寂しかっただけ……。

そんな言葉をぐっと飲み込む。

「なにもないです。夕食はまだですか？　もしまだなら、久しぶりに一緒に食べましょう」

私は笑顔で桐生さんを家に招き入れた。

「ああ、ここのお店のマフィン美味しそう……。食べたいなぁ……」

夕飯を一緒に食べたあと、ベッドに寄りかかりながら地域のフリーペーパーを見つめて呟く。

「マフィンってなんだ」

するとその呟きが気になったのか、ダイニングテーブルの椅子に座った桐生さんがこちらを見た。

「ていうか、マフィン知らない人なんていますか?」

桐生さんは椅子から立ち上がり、ベッドに寄りかかる私の隣に腰を下ろしてあぐらをかいた。肩が触れ合うぐらい近くにやって来た桐生さんが、私の手元のフリーペーパーを覗き込む。

「そういう物は食べたことがない。マドレーヌと一緒か?」

「肉だ」

「いやいや、全く違いますよ。普段一体なに食べて生きてるんですか?」

「ああ、なんとなくそんな感じですね」

「お前が食いたいっていうマフィンはどれだ? 教えろ」

「ここのお店のです」

言いながら掲載されたお店を指差す。

「チョコチップがたくさんのってて美味しそうなんですよ」

私からフリーペーパーを奪い取ると、桐生さんは興味深げに見つめた。

「そういえば、今日は松ちゃん一緒じゃないんですか？」

「アイツにはアイツの仕事があるからな」

「……なるほど。私にはよく分からないけど、極道の世界も大変なんですね」

「どの世界もそうだろうが、極道の世界は弱肉強食だ。食うものと食われるものに分かれる。力がないものは食い殺される運命だ」

「そんな世界にずっといるなんて私には耐えられませんよ」

常に気を張っていて心安らぐ時間もないだろう。

「それが普通の感覚だ。この世界にどっぷりつかっている俺でさえ、時々嫌になるからな」

桐生さんはフリーペーパーをパタンっと閉じると、腕を組んで目をつぶった。

「疲れた。少し寝る」

「えっ、ここで？」

ベッドに寄りかかったまま桐生さんは小さな寝息を立てて、あっという間に眠ってしまった。

それをいいことに、しばらくの間桐生さんの顔を覗き込み、じっくりと拝む。

「……綺麗な顔……」

寝ているときに眼鏡をしているなんて、疲れないのかな……。

そっと眼鏡に手を伸ばしてフレームに触れた瞬間、桐生さんの目がカッと開き、物凄い勢いで手首を掴まれ床に押し倒された。

「……っ!!」

殺気立った目で私を睨み付けた桐生さんがハッとする。

「……悪かった。攻撃されたのかと思った」

「あっ……、寝ているとき、眼鏡が邪魔そうだったので外そうと思ったんです。起こしちゃってすみません」

手首を掴まれて床に押し倒されているのに、恐怖は一切感じない。

それどころか、この状況に心臓がどうかしてしまいそうなほど大きな音で鳴っている。

それを悟られたくなくてできるだけ平静を装う。

「いや、お前のせいじゃない。こんな風に人前で寝ることは普段ないことだ。いつ何時、命を狙われてもおかしくないからな」

桐生さんに腕を引っ張られて、私は体を起こした。

「お前と出会ってからの俺は腑抜けてる。松には、それぐらいが人間味があっていいって言われたけどな」

　フッと桐生さんが微笑を浮かべた。

「だが、お前は俺のいる世界とは違う世界で生きている。俺との関係を、桜夜の率いる対立派閥や他の組の奴らに知られたら、厄介事に巻き込まれる可能性がある」

「厄介事……？」

「俺は龍王組の若頭だ。俺の命を狙う人間は大勢いる。だから、ここへ来るときは後をつけられないように細心の注意を払っている」

「それで、車で来ないんですか……？」

　桐生さんがアパートに来るときは決まって徒歩だ。帰るときも電話で車を呼び出すことはあるけれど、家の前まで呼びつけたりしない。

「お前はカタギだが、俺との交流を知られれば狙われる可能性は大いにある」

　恐ろしい話に思わず表情を硬くすると、桐生さんは私の頭をガシガシ撫でた。

「そう心配するな。いざとなったら必ず俺がお前を助ける。お前には借りがあるからな」

　桐生さんの言葉に、私はギュッと膝の上の両手を握り締めた。

『俺がお前を助ける』って、なに？

私に借りがあるから、そんなことを言うの……？　他の女の人にもそういうことを言うの……？

「桐生さんの考えていることが分かりません」

「俺の考えてること？」

「どうして用もないのにうちに来るんですか……？」

「言っただろう。ここだと仕事が捗ると」

「本当にそれだけですか？　それだけの為に、わざわざうちに？」

縋りつくように問いただす。

宙ぶらりんな私たちの関係に答えが欲しかった。

いつからか私は桐生さんに心を奪われてしまっていた。

彼が極道だと分かっていても、自分の気持ちに嘘はつけなかった。

あのとき……、良太に捨てられて絶望する私を、桐生さんの存在が救ってくれた。

「俺はお前と出会ってからおかしい。ふとした瞬間にお前の顔を思い出して、無性にこのアパートへ来たくなる」

桐生さんはなぜか苦しげな表情で言葉を続けた。

「今頃なにをやっているんだろうと、お前のことばっかり考えているんだ」

「桐生さん……」

「……本当はここへ来るべきではないと分かっている。俺は極道でお前はカタギだ。でも、そのリスクを冒してでもどうしてもお前にだけは会いたいんだ。すまない、お前に迷惑をかけると分かっているのに……」

「迷惑なんかじゃありません!! 私は……あなたが好きです」

咄嗟に口から出た言葉に、桐生さんは信じられないというように目を見開く。

「桐生さんが極道なのは知ってます。それでも、私はあなたが好きなんです」

「お前が俺を……?」

威勢よく言ったものの急に恥ずかしくなって、小さく頷く。

思えばこうやって誰かに気持ちを伝えたのは初めてかもしれない。

今まで付き合ってきた人たちは相手の方からの好意を感じ、自分も好きになろうと努力した。

今、桐生さんに感じる胸を焦がすような感情が込み上げてきたことは、一度もない。

それほどまでに、私は目の前にいる桐生尊に惹かれてしまったのだ。

「っ……!」

すると、突然肩を掴まれて、私はその場に押し倒された。

至近距離で目が合う。桐生さんの目には欲情の色が浮かび上がっている。

「今なら間に合う。嫌なら今すぐ俺を拒め」

「嫌じゃないって言ったら……？」

「このままお前を抱く」

「言ったでしょ？　私はあなたが好きなんです」

私の言葉と同時に強く唇を押しつけられ、あっという間に閉じていた唇を舌でこじ開けられる。

獰猛な野獣のように目をギラギラさせているのに、私に触れるその指先は信じられないほどに優しくて丁寧だった。

何度も絡み合うようなキスを繰り返し、肌と肌を密着させて一ミリの隙間もないぐらいに抱きしめられる。

時折見せる切なげな表情に、感情が揺さぶられる。

この夜、私は力強い彼の腕の中でひとつになれた喜びに打ち震えた。

『お前とのこと、ちゃんとする。だから、俺を信じて待っていてくれ』

あの日の桐生さんの言葉を思い出すたびに、私の胸は痛むのだった。

# 第三章　運命の再会

「ハァ……。しんどい……」

昨日、色々なことを思い出して眠れず寝不足のせいか、体がずっしりと重たい。

今日が終われば明日は休みだし、あと数時間気力で乗り切ろう。

「あっ、初音さん！　捜してたのよ。このあと、会議室に行ってもらってもいい？」

午後の業務の途中、看護師長が声をかけてきた。

「会議室ですか？」

「そう。先月から何十回とやってきて、クレームつけてきた患者がいたじゃない。あの人のことを上に相談したのよ。それで、今日病院の顧問弁護士が聞き取りに来てるの」

五十代前半とみられる男性患者は、度々『腹が痛い』と言って来院しては、医師や看護師だけでなく、待合室にいる他の患者にまで暴言を吐く始末だった。

男のせいで診察にも支障をきたしており、病院側もようやく重たい腰を上げたようだ。

「本当は私が説明をしたいところなんだけど、あいにく別件が入っているのよ。頼める？」

「分かりました。対応します」

「よろしく頼むわね」

師長と別れるとその足で会議室へ向かい、コンコンッと扉をノックする。

「お待たせして申し訳ありません」

スライド扉を開けて頭を下げた瞬間、男性二人が同時に立ち上がった。

一人は六十代ほどと思われる柔和な表情の男性、もう一人は……。

「……え」

視線をスライドすると、自然と言葉が漏れた。

昨日の帰りがけ、あの人に似ている横顔を院内で見かけた。まさかと思ったけど、やっぱり見間違えではなかったんだ……。

そこにいる人物に目を奪われる。

整えられた艶のある黒髪に銀色の縁の眼鏡。

射抜くように鋭い眼光。高い鼻に形のよい唇。

目が合い、私はその場から動けなくなる。

「お世話になっております。顧問弁護士の沢渡《さわたり》と申します」

「同じく、桐生です」

「あっ……看護師の……初音です」

声が上ずり、顔が強張る。

彼はそんな私のことなど全く気にする素振りも見せず、平然と頭を下げた。

べ、弁護士……？

確かに彼のスーツの胸元には金色のバッジがつけられている。

どういうこと……？　彼は龍王組の若頭だったはずなのに。

頭の中が混乱して思考が働かない。

「お話を聞かせて頂きたいので、こちらへお座り下さい」

「あっ……はい」

沢渡さんに促され、テーブルを挟んで二人の前に腰かけた。

目の前に桐生さんがいると思うだけで、どうしてもソワソワして落ち着かない。

どうして彼が……？

「では、お話伺えますか？」

沢渡さんに促され、私はできる限り平静を装って話し始めた。

「その患者さんには以前から困っていました。腹部の痛みを訴えて来院して検査したんですが、特にこれといった原因も見つからなくて。それからも何十回と来院しては順番を早くするように看護師に圧をかけてきたり、他の患者さんに暴言を吐くので」

「なるほど」

「最近では恫喝まがいのことも言うので、正直みんな参ってます」

クレーマーが院内で起こしたトラブルの詳細を話す。

「それは困りましたね」

温和な表情の沢渡さんの隣で、桐生さんは表情を変えずに淡々とした様子でメモを取る。

「ただ……」

私はある懸念を伝えるかどうか迷っていた。

「ただ?」

「その方……全身に入れ墨が入っているんです。なので、他の患者さんも怖がってしまって……」

「そうでしたか」

そこまで言いかけたとき、沢渡さんが「ああっ」と突然大きな声を上げた。

「申し訳ありません。緊急の電話がかかってきてしまったので、少し離れますね。桐生、あとは頼んだよ」

「承知しました」

「では失礼」

沢渡さんは満面の笑みで私に頭を下げると、会議室から出て行く。

どうしよう……。

二人っきりなんて気まずすぎる……。

残された私と桐生さんの間に漂う重たい空気を振り払うかのように、彼が切り出した。

「今回はモンスターペイシェントとのトラブルと考えます。相手が反社会勢力の人間かどうかは分かりませんが、我々が間に入り、内容証明や文書送付を送ることも可能です」

「そ、そうなんですね……」

真っすぐ私の目を見て話す桐生さんから逃げるように、視線をテーブルに下げる。

どうしてそんな風に平然とした態度でいられるんだろう。

しゃべり方まで丁寧になっていてまるで別人だ。

落ち着け、私。

あれから五年も経ったし、桐生さんはきっと私のことをもうなんとも思っていないだろう。

もしかしたら、結婚して子供だっているかもしれない。

自分で勝手な想像をしてチクリと胸を痛める。

私は桐生さんとは違う……。彼と離れてから何十回、何百回と彼を想い、枕を濡らした。

それでも忘れようと……忘れなければいけないと思っていたのに。

それなのにまた再会してしまうなんて……。

「私からできる話はもうありません。業務に戻ってもいいですか？」

そう尋ねた瞬間、コンコンッと扉がノックされた。

「すみません！　あのクレーマーが現れました！　こちらに弁護士さんが来ていると聞いたのですが……」

「私です」

慌てている様子の事務員。桐生さんが素早く立ち上がり対応する。

「今、受付で騒いでいるので来てもらえませんか⁉」

「分かりました。初音さんにも確認頂きたいので、同行願えますか？」

「……分かりました」

桐生さんに続いて会議室を出る。

「ちなみに今、どんな状況ですか？」

男が騒ぎ始めた経緯を、歩きながら事務員に聞き取る桐生さん。

……本当に弁護士になったの？

だとしたら龍王組は……？　次期組長の話は……？

この五年間に一体なにがあったっていうの……？

＊＊＊

桐生さんと結ばれてから一週間ほど経ったとき、突然國武組の借金取りの川島が現れた。ずっと音沙汰のなかったはずの川島が再び姿を現したことに、私は酷く動揺した。

『そこまで露骨に嫌な顔をされると、さすがに傷付きますね』

飄々と言ってのける川島に私は毅然と言い返す。

『なんの用ですか？　以前叔父がした百万の借金はすべて返しましたよね？』

『実はあと五百あるんです。その連帯保証人にあなたがなっているんですよ』

そう聞かされたとき、絶望しかなかった。

ようやく終わったと思っていた借金地獄が、再び始まろうとしている。


あの日々がまたくるっていうの……？

『今度は五百を一括で払ってもらいます』

『一括でなんて無理です！　そもそも、叔父の連帯保証人になった覚えはありません。お引き取り下さい』

扉を閉めようとしたとき、足を挟み込まれた。

『ですが、私も鬼じゃない。借金を返さなくていい方法が一つだけあります』

男はニヤリと笑った。

『初音さんは、龍王組の若頭といい仲って本当ですか？』

『なっ……。どこからそれを……？』

動揺して思わずそう口走る。

『やっぱりそうなんですね。まあ、色々とコネがあるもので』

川島の顔から笑みがスッと消え失せる。突き刺すような冷たい視線にぞくりと肌が栗立つ。

『実は、龍王組では次期組長の座を巡って、若頭の桐生尊と本部長の山岸《やまぎし》桜夜の争いが激化しているんです。うちの國武組としては、山岸が組長の座に就く方がなにかと都合がいいんです』

『どうしてそんな話を私に……？』

『桐生を私たちに売ってもらえませんか？　そうすれば借金はチャラにしますので』

男の突きつけてきた条件に、私はすぐさま反論した。

『あの人は物じゃありません。そんなのできるわけがないでしょ!?』

『龍王組は二年前に桐生が若頭になってから、シノギを開拓して勢力を拡大しているんです。昔から、ここより東でうちは龍王と争ってきましたが、最近はとくに負け戦です。都内西部は他の組が牛耳っていて、うちも龍王も手を出せない。だから、この地域でこれ以上稼がれたら私たちの組の存続が危うくなる。邪魔者には消えてもらうまでです』

『そんな……』

『簡単なことです。桐生を売れば借金がチャラになるんですよ？　桐生を売るか、もしくは五百万の借金を背負うか。どちらが得か、よく考えて下さい』

飴と鞭で人を操る手段を得意としているんだろう。でも、私は絶対に屈しない。

『あの人のことと私の借金は無関係です。だから、あの人に手を出さないで下さい』

そう言うと、川島は目の下をピクピクと痙攣させた。

『なにを寝ぼけたことを。桐生は私と同じ極道の人間です。しかも、あの男は私よりもどっぷりと極道の世界に浸かった人間だ。あなたもそれを知っているでしょう？』

『だったらなんです？』

『あなたにとって極道の人間はみんな敵のはずでしょう？　あの男を庇おうとする必要なんてないはずだ』

國武組の川島は吐き捨てるように言うと、アパートを後にした。

全身がガクガクと震えていた。

私がこのままこのアパートに留まれば、桐生さんに危険が迫る。

川島の口ぶりからすると狙いは桐生さんだ。

それに話に出た山岸桜夜という人物……。

『昨晩、俺たちの派閥の奴らがケガを負わされた。この辺りは國武とうちで抗争中だが、昨日のは俺を刺した奴と同じだ。桜夜たちが雇った半グレだろうな』

桐生さんと松ちゃんの会話にも、その名前が出てきた。

このまま私が桐生さんとの関係を続ければ、内部抗争どころか國武組との新たな抗争の火種になりかねない。

一度は桐生さんにすべてを打ち明けようかと考えた。

でも、話せば桐生さんを私の問題に巻き込んでしまうことになる。

あの男だって言っていた。次期組長の座を巡って争いが激化していると。

「桐生さん……」

桐生さんに抱かれたあの瞬間、私は確かに幸せだった。

でも、その幸せは砂の城のようにもろく儚いもの。

握り締めた砂は指の隙間から零れ落ちて、最後にはなにも残らない。

それが私と桐生さんとの関係。

でも、彼に抱かれたことに後悔などない。

私は桐生さんを心の底から愛していた。

愛しているからこそ、やるべきことは決まっていた。

今までも借金で苦労してきたこともあり、夜逃げ業者を調べたことはあった。

家の中の写真を送り見積もりを出すと、今日の夜にでも引っ越し可能との連絡があった。賃貸契約の解除などの手続きも代行してくれるらしい。私は慌てて荷造りを始める。川島の口ぶりから、極道には勢力範囲があるらしい。そのため、一旦は龍王と國武の勢力外という都内の西部に引っ越すことを決めた。

ウォークインクローゼットにあった大き目のボストンバッグを引っ張り出すと、大切な書類や貴重品を詰め込んだ。

それが終わると、家にあった段ボールにキッチン用品や小物を詰め込み、プラスチックケースに洋服を押し込む。

すべてが終わった頃、外は陽が落ち辺りは真っ暗になっていた。

私は、部屋の隅に一か所にまとめられた荷物を見つめた。

こうやって逃げるのは心苦しい。

けれど、今私ができることはこれしかない。

何度も一緒に食事をしたダイニングテーブルにそっと触れると、楽しかった思い出が込み上げて目頭が熱くなった。

あと数時間もすれば私はこの家を出る。そして、二度と戻らない。

「ごめんなさい……」

静かな部屋の中に、私の声が響いた。

黙って消える私をどうか許して下さい。

漏れそうになる嗚咽を両手で必死に覆った。

胸がはち切れそうなほど痛む。

これでいい。これでよかったんだと自分に言い聞かせる。

そして、私はその日を境に彼の前から姿を消した。

アパートを出たあと、決まりかけていた就職先を辞退して、看護学校時代の親友の美子に光崎ヶ丘大学附属病院を紹介してもらい働き始めた。

仕事も軌道に乗り始めた矢先のことだった。定期的に来ていた生理が遅れていることに気付き、まさかと思いながらも自宅で検査をするとうっすらと陽性反応が出た。

すぐさま産婦人科へ行くと、医師から妊娠していることを告げられた。

『私のお腹の中に……桐生さんの赤ちゃんが……？』

私はまだ膨らんでいないお腹にそっと触れた。

一人で子供を産み、育てることに不安がなかったといえば嘘になる。だけどそれ以上に喜びが込み上げてきた。私のお腹の中に愛する人との子が宿っている。その事実に胸が震えた。

自分のお腹が膨れていくのはとても不思議な感覚だった。初めて胎動を感じたときには、嬉しくて飛び上がりそうになったのを今でもよく覚えている。

『早く会いたいな』

毎日お腹の子に話しかけ、胸に抱くことを心待ちにする日々。

そして、夏真っ盛りで蝉がうるさいぐらいに鳴いていた七月二十二日。予定日より少しだけ早く護が生まれた。大きな産声を上げる護を胸に抱きしめたとき、感動で自然と涙が溢れた。

母になったと同時に、たった一人の家族ができた瞬間だった。

護を桐生さんに会わせたかった。あなたの息子は、こんなにも可愛いですと伝えたかった。私が桐生さんの子供を産んだと知ったら、彼はどんな反応をするんだろう。

けれど、いくら考えたって答えは出ない。私と彼は二度と交わることはない。

これが五年前に起こったすべてだ。

＊＊＊

「――おい！　俺を誰だと思ってんだこの野郎!?」

外来の受付は、大声で事務員を怒鳴りつける男と、それを不安そうに見つめる外来患者で異様な雰囲気だった。

「いいからさっさと受付しろ!!」

「も、申し訳ありません」

バンバンッと受付を手で叩く男に、事務員は半泣きだ。

タンクトップにハーフパンツという出で立ちの為、男の腕や足に彫られた入れ墨があらわになっている。

「――どうされましたか」

するると、桐生さんは男に歩み寄り声をかけた。

「テメェ、誰だこの野郎!!」

「こちらの病院の顧問弁護士を務めております、桐生です。お話があるようでしたら別室で伺います」

男の威嚇にも全く怯む様子を見せない桐生さんを、男はギロリと睨み付けた。

「お前に話なんてねぇんだよ！　いいから早く受付済ませろよ、このクソが!!」

「大きな音を立てるのはやめて頂けますか。他の患者さんの迷惑になりますので」

桐生さんは、再び受付を叩き始めた男の手首を掴んだ。

「この野郎……！　いてぇじゃねぇか!!」

男の怒りが桐生さんに向けられる。

「そのことについては謝ります。申し訳ありません。ですが、受付を済ませることはできません」

「あぁ!? なんだと? 医者は患者のことを診る義務があんだろ!? 拒否するってことか!?」

「確かに医師法十九条一項に応招義務というものがあります。ですが、以前からのあなたの不当な要求や振る舞いによって、現在は正当な関係を築くことが困難になっています」

落ち着いた様子で淡々と説明する桐生さん。

「こっちは裁判してもいいんだぞ!? お前ら、負けるぞ!? それでもいいのか!?」

「こちらとしては大いに構いません。ですが、裁判で応招義務違反を認められるとは到底思えません。それでもやるというなら止めません」

「なっ……!」

男が一瞬怯んだ。

「だったらこの件をマスコミにバラすぞ!? そしたらこの病院の信用にも傷がつくな!?」

「したいならお好きなようにどうぞ。ですが、そちらの出方次第では、こちらも徹底抗戦させて頂きます」

桐生さんの圧に耐え兼ねた男が、白旗を上げる。

「ちっ、めんどくせぇな!! 今日のところは我慢して診察を受けてやる!! その代わり、待たせた分、俺を他の奴らより優先しろ! いいな!?」

男の言葉に、桐生さんの眉がピクリと反応した。

「不合理な譲歩は一切いたしません。診察の順番を守れないのであれば、診察はできません。お引き取りを」

「テメェ、こっちが大人しくしてれば調子に乗りやがって!! この野郎——!!」

男が顔を真っ赤にして今にも桐生さんに殴りかかろうとした瞬間、桐生さんは一歩前に出て男の耳元でなにかを囁いた。

途端、男が驚いたように桐生さんを見上げた。

分かりやすく凍り付きワナワナと唇を震わせると、そのまま逃げるように病院を飛び出して行く。

あまりに突然の出来事に、その場にいた全員が言葉を失っていた。

「もう二度と来ないと思いますが、また来るようでしたらいつでも対応しますのでご連絡下さい」

「あっ、ありがとうございました」

受付の事務員にそう告げると、桐生さんが振り返り私に視線を送った。

その背後で事務員の女性たちが「あの人が顧問弁護士さん？」「すごいね」「カッコいい！」と熱い視線を桐生さんに向けていた。

「荷物を置いてきてしまったので、会議室まで案内してもらえますか？」

「分かりました。こちらです」

私は頷くと、再び会議室に向かって歩き出す。

その隣には桐生さんがいる。こうやって隣を歩いているのが信じられない。

いまだに夢なんじゃないかと思う。

「――莉緒」

低い声で名前を呼ばれて、思わず立ち止まる。

もう二度と名前を呼ばれることはないと思っていたのに。

五年という歳月が経ったというのに、今もまだ名前を呼ばれただけでこんなにも動揺して胸を震わせてしまう。

「お前と会うのは五年ぶりだな。元気だったか？」

なにも言わずに姿を消した私を責める様子など一切見せずに、桐生さんはわずかに口の端を上げて笑った。

様々な感情がもつれ合い、言葉にならない。

ただ、私は思い知らされた。

五年経った今も、私は彼を愛しているという事実を……。

「はい……。桐生さんもお元気そうでよかったです」

どんな顔をしたらいいのか分からずにいる私の隣で、桐生さんがふっと笑った。

「ずいぶんよそよそしいな。俺とお前の仲だろう？」

「なっ！　なに言ってるんですか！」

思わず顔を持ち上げると、桐生さんは目を細めて微笑む。

「お前が大人しいと気持ちが悪いぞ」

「……五年前……突然姿を消したこと怒らないんですか？」

恐る恐る尋ねる。

『お前とのこと、ちゃんとする。だから、俺を信じて待っていてくれ』

そう言ってもらっていたのに、桐生さんの前から黙っていなくなった私を恨んでいてもおかしくはない。

「お前にも事情があったんだろう」

「……ごめんなさい」

「謝らないでいい。もう気にしてない」

チクリと胸が痛む。そうだよね……。

桐生さんにとって私と過ごした時間は、ただの通過点にすぎない。

今はもう、別々の道を歩んでいるんだから……。

「桐生、どこへ行ってたんだ。電話をかけても繋がらないし」

会議室に戻ると、沢渡さんが不思議そうに尋ねた。

「すみません。受付に本件の男が来ていたので対応しました」

桐生さんの説明を、沢渡さんは頷きながら聞いている。

「そうか。ちょうどよかったな。それで、また来そうか？」

「別の病院でも同じ行為を繰り返して金銭の要求をしているとの情報があがっていたので、そのことを指摘して警察介入を示唆すると帰りました。相当な馬鹿じゃなければもう来ないでしょう」

「そうか。今アイツ弁当持ちだしなぁ。よくやった、桐生」

すると、沢渡さんは柔和な笑顔を私に向けた。

「ということで、今回は無事解決しましたので」

「あの……、さっきの男性……特にお弁当は持っていませんでしたけど……？」

二人の会話を聞いていた私が不思議になって尋ねると、沢渡さんはわっはっはと大笑いした。

その隣にいる桐生さんも笑いを堪えているのか、そっぽを向いて肩を震わせている。

なに？　私、なにか変なこと言った？

「弁当っていうのはそっちのお弁当じゃなくて、刑事裁判で執行猶予がついたことを意味するんですよ」

「ああ……なるほど」

「ふふふっ。しかし、笑わせてもらいましたよ。初音さんは面白い人だ。じゃあ、私は院長に報告してくるから先に行くよ」

「私も行きます」

桐生さんがバッグを掴むと、沢渡さんは私たちを交互に見つめた。

「いや、いいよ。二人は知り合いみたいだし、積もる話もあるだろう？」

「ですが……」

「いいからいいから」

私たちが知り合いであることを、沢渡さんはいつの間にか見抜いていたらしい。

さすが弁護士さん……。とんでもない観察眼を持っているようだ。

「それでは失礼します」

沢渡さんは丁寧に頭を下げると、会議室を後にした。

「そうだ。これ」

二人きりになると桐生さんは一枚の名刺を差し出した。

「俺の連絡先を教えてなかったな。裏面のものがプライベート用の番号だ。お前の連絡先も教えてくれ」

それを受け取れずにいた私に、桐生さんはいぶかしげな表情を浮かべた。

「どうした。受け取れ」

「……私……」

こうやって再び出会い、また桐生さんと言葉を交わせることが嬉しい。

一緒の空間にいるだけであの頃と同じように胸がトキめいて、感情が溢れそうになる。

だけど、彼を突き放すべきだ。

昨日、また國武組の川島から連絡が来た。

あの男は五年の時を経てもまだ、私に執着してくる。

桐生さんがどういう経緯で、極道から弁護士になったのかは分からない。

きっと並々ならぬ覚悟のもと、極道から足を洗ったに違いない。

桐生さんといまだに交流を持っていることを國武組の川島に気付かれたら、桐生さんを巻き込むことになってしまう。

「すみませんが、受け取れません」

「なぜだ」

「私、子供がいるんです」

「……それは誰の子だ。まさか俺の――」

「違います！　以前話した元カレとの子で、三歳の男の子です」

「……三歳？　だとしたら俺の子の可能性も――」

私と関係のあった日の記憶を辿った桐生さんの言葉に、かぶせるように言う。

「それはありえません！　桐生さんとは一夜だけの関係です。一度でなんてそんな偶然……ありえません」

「元カレの子供に間違いないのか？」

「……はい」

私が頷くと桐生さんは呆れたようにため息をついた。

「どうしてあんな男と……。あの男はお前のことを――」

「そう言われると思ったから、桐生さんの前から黙って姿を消したんです」

「どういう意味だ」

「あのとき、桐生さんはヤクザだったし、元カレとよりを戻したなんて知られたらなにをされるか分からないじゃないですか。だから、黙って引っ越したんです」

すべて嘘だった。

あえて平然と言い放つ私に、桐生さんは射抜くような強い眼差しを向ける。

「今もその男と一緒にいるのか？」

「それは……」

「……一人で育ててるんだな？」

言いよどむ私に桐生さんがすべてを悟ったように言ったとき、ポケットの中のスマホが震え出した。

「大家さん……？」

画面には、アパートの大家さんの名前が表示されている。

私は慌てて電話に出た。

『莉緒さん、大変なの。さっき清掃の為にアパートに行ったら、あなたの部屋の玄関扉にたくさんの貼り紙がしてあったのよ』

電話口の大家さんの声は、明らかに切迫した様子だった。

ドクンっと心臓が不快な音を立てた。

目に浮かぶ光景に、喉奥で言葉が詰まる。

『金を返せとかそういうもの。平気？　なにか困ったことがあるんじゃないの……？』

母子家庭ということも理解したうえで私にアパートを貸してくれた、親切な高齢の大家さんの声が、不安そうに震えている。

「あのっ……私……」

どうしたらいいのか頭をフル回転させて考える。

きっと國武組の川島の仕業だ。昨日の電話が警告ではないと言いたいのだろう。

言葉を出そうとしても、恐怖で喉の奥に言葉が張り付いて出てこない。

「俺に貸せ」

すると、桐生さんは私からスマホを奪った。

「ちょっ、桐生さん……！」

「お電話替わりました。私、弁護士の桐生と申します。……ええ、初音さんとは知り合いです。彼女は動揺して話ができないようなので、私がお伺いします」

手を伸ばしてスマホを返してもらおうとしても、背の高い桐生さんは体を捻りそれを許そうとしない。

「……そうでしたか。では一旦、貼り紙は剥がさずそのままにしておいて頂けますか？　現状保存をしたいので。もしもこの件で警察へ相談に行く際には同行することもできますし、貼り紙を貼った人間に警告文の送付も可能ですのでいつでもご相談下さい。それと、初音さんとお子さんはしばらくは安全を考慮して、アパートから離れた場所で生活させます」

「……へ!?」

思わず変な声が出た。

「今後もしも彼女の部屋で同様のことがあったり、不審な人物を見かけたときは彼女ではなく私の方に連絡頂けますでしょうか？」

桐生さんは自身の番号を大家さんに伝え、電話を切った。

「話は全部大家に聞いた。今すぐ住んでいるアパートから距離を置け。いいな？」

「ちょっと、待って下さい!!　勝手に話を進めないで！　私には子供もいるんです！

そんなすぐに別の場所なんて見つかりません」

「今の場所にいたら子供にも危険が及ぶだろ」

「それはそうですけど……」

分かっていてもすぐに行動には移せない。

しばらくの間ホテル暮らしするほどの余裕もなければ、アパートを離れたあとに護を保育園に連れて行く手段もない。

今あのアパートを離れるのは、現実的には不可能だ。

「行く場所がないのは最初から分かってる。だったら、俺の家に来ればいい」

「桐生さんの家に？　いえ、そんなの無理です!!」

「今は意地を張ってる場合じゃないだろう。息子の安全を第一に考えろ」

桐生さんの言葉に決意が揺らぐ。

確かに護になにかあってからでは遅い。

なにがあっても守らなければいけないのは、護だ。

「今日は何時まで勤務だ」

「十七時半までですけど……」

あまりの圧に渋々答えると桐生さんは腕時計を確認した。

「分かった。その時間までに仕事を切り上げて職員用の裏口で待ってる。必ず来るんだぞ」

「私、行くなんて言ってませんから！」

「いいか、来なかったら地の果てまで追いかけてやるから、覚悟してろよ」

「なっ……！」

有無を言わさぬ鋭い眼光を向けられ言葉に詰まる私を見て、なぜか桐生さんは満足げな表情を浮かべたのだった。

＊＊＊

親からもらえるはずだった愛情を一切もらえずに、気付けば中学生になっていた。

幼少期からネグレクトされて育ち、中学のときには借金を残したまま両親が飛んだ。

生きることに価値が見い出せず、喧嘩に明け暮れる毎日。そんなとき、借金の取り立てに来た龍王組の人間に組事務所に連れていかれた。

組の事務所は繁華街のビルの中にあった。入り口に複数の防犯カメラがあり、ドアは防弾仕様になっていて、異様な雰囲気を漂わせていた。

事務所の奥の組長室に通される。長年のタバコの臭いが染み込んだ室内には、高価そうな掛け軸や置物が置かれていた。そこで俺を待っていたのは、黒いスーツ姿の貫禄のある男性だった。

どこかへ売られることを覚悟し顔を強張らせる俺を、男は重厚感のある黒いソファに座らせた。磨き上げられたテーブルに向かい合って座ると、男は試すような目を俺に向けた。それに負けじと、目を逸らさず男を睨み付ける。

『お前は俺が面倒をみてやろう』

すると、組長の龍王武蔵《むさし》は、なぜか俺に興味を持った。

それからすぐ、俺は組長の家で暮らすことになった。高い塀でぐるりと囲まれ厳重なセキュリティを施された和風な家。広大な土地と豪華な建物。庭園では、大きな池で丸々と太った鯉が優雅に泳いでいた。

衣食住に困らない生活をさせてもらえる見返りに、俺はこの家で徹底的な英才教育を受けさせられた。

『尊、お前は喧嘩が強い。だが、それ以上に天性の勘の良さと頭脳は武器になる。それを使って組をでかくするんだ。いいな？』

勉強は好きではなかったものの、経済や金儲けの仕組みには興味があった。

大学在学中に宅建や司法書士などの複数の資格を取得し、経済原論はもとより株式投資などの投資哲学も学んだ。

卒業後、俺はついに龍王組の一員となり、フロント企業を複数任されるようになった。

新たなシノギのネタを探しては勢力を拡大し、そのたびに組の中の役職は跳ね上がり、俺はあっという間に若頭という地位に就いた。

組長は俺の功績を称えてくれたが、やっかむ人間も大勢いた。

その一人が、組長の愛人の子である山岸桜夜だ。組長には本妻との間に子はなく、若頭の座には血縁のある桜夜が据えられるはずだった。

けれど武闘派の桜夜は、頭を使うことよりも相手を力でねじ伏せることを得意とする、典型的な昔気質の人間だった。

利益の為にはカタギの人間を巻き込むことも厭わず、度々俺と桜夜は対立した。

そして、あの日……俺は桜夜の依頼した半グレに不意打ちを食らって腕を刺されアパートの軒先に辿り着いた。

これを組に報告すれば大事になり、俺と桜夜の対立はさらに激化するだろう。

考えただけで憂鬱な気持ちになった。

俺を拾ってくれた組長や組の人間には感謝しているが、常に心の中には満たされない思いがあった。いくら仕事で成果を出したところで、俺と組長に血縁関係はなく、利用価値がなくなればいつでも切り捨てられる存在だ。組長が俺を受け入れてくれたのは、俺の才能を買ってのことで、俺自身が必要だからではない。

そして、俺はあの日初音莉緒に出会った。

不思議なことにあの女は俺が極道と知りながら、傷の手当てをしてくれた。

よく見ると、彼女はずぶ濡れで顔色が酷く悪かった。

結婚の約束をした男を他の女に寝取られたと知った直後だったらしい。

その状況で見ず知らずの俺を家に招き入れて手当てをするなんて、図太い女だと呆れていたが、彼女は一瞬だけ切なげに目を伏せた。

普通ならば、見ず知らずの人間のことなど構う心の余裕などないはずだ。

そのとき、彼女が必死に虚勢を張っていたのだと気付く。

その健気さになんとも言い難い感情が込み上げてきた。

湧き上がってくる初めての感情の正体が分からず、俺は逃げるようにアパートを後にした。

そして、その日を境に俺は莉緒のアパートに通い詰めた。

ふとした瞬間にあいつの顔が見たくなり、自然と足がアパートに向いてしまう。

家に行くと莉緒に手料理を振る舞ってもらい、くだらない言葉を交わし合う。

そんな穏やかな時間が、いつしか常に気を張って生きてきた俺の日常の中でなくてはならないものになった。

新しい就職先が決まるまで昼間は家にいるという莉緒の言葉に、ずっとこのまま家にいてくれという言葉をぐっと飲み込んだ。

どうしてここまで莉緒に執着するのか自分でも分からず、なぜ家に来るのか聞かれてもはぐらかすしかなかった。

ただ、莉緒と一緒にいると警戒心を解かれ、自然と心が休まる。こんなこと今まで生きてきた中で一度もなかった。

自分の中で莉緒という存在を改めて意識するようになったのは、あのハロウィンの日だ。

初めて莉緒から家に招かれた俺は、珍しく浮かれていた。

けれど、仕事上のトラブルに見舞われ、約束の時間を三時間も過ぎてしまった。

怒っているだろうと想像していたのに、莉緒の反応は予想外だった。

玄関扉が開くと、莉緒は俺が心配だったと涙ながらに訴えた。あんな風に誰かに心配されて泣かれることに慣れておらず、どうしたらいいのか分からなかった。

手の込んだ料理を振る舞ってくれた莉緒の気持ちだって嬉しくてたまらなかったのに、あの頃の俺は素直に自分の気持ちを伝えることができなかった。

ただ、莉緒はなんの見返りも求めず、俺という存在を受け入れてくれたのだと悟り、胸が熱くなった。

そして、あの雨の降る夜、俺は莉緒を抱いた。

『私は……尊さんが好きです』莉緒に気持ちを告げられたとき、驚き以上に震えるような喜びが全身に込み上げてきた。

あの日の夜のことは五年経った今も色濃い記憶として残っている。

彼女の肌も、声も、ぬくもりもすべてを覚えている。

ずっと満たされなかった俺の心の隙間を、莉緒が埋めてくれた。

常に満たされないと思っていた日々が、莉緒と出会ってから変わったのだ。

それがなにを意味しているのかようやく気付いた。

——俺は莉緒を愛している。

莉緒を抱いたあと、自分の気持ちに確信を持ち、『組を抜けたい』と組長に直談判した。

皮肉にも組長に拾われたあの日と同じように、組長室でテーブル越しに向かい合う。

『組を抜ける？　尊、お前は恩を仇で返す気か』

威圧感のある声色だった。苛立ったように吸っていたタバコを灰皿に押しつけると、組長は鋭い視線を浴びせた。

『申し訳ありません。指詰めも辞さない覚悟です』

『お前、まさか他の組へ行こうってんじゃないだろうな？』

『違います。俺は極道から足を洗って、カタギになります』

一切怯まずに言うと、室内は沈黙に包まれた。互いに睨み合ったままの、重苦しい時間が続く。

『……それに、親父の耳にも入っていると思いますが、俺と桜夜は対立しています。俺が龍王組に居続ければ、内部抗争はさらに激しくなり、組の存続にも影響を及ぼすでしょう』

『お前を次期組長にすると言ったら？』

『それでも、俺の気持ちは変わりません』

『……そうか。お前は昔からこうと言ったら絶対に聞かない男だからな』

俺の言葉に組長はやれやれと深いため息を吐いた。

もちろん、組を抜けることには組長だけでなく幹部たちの猛烈な反対にあったが、俺と桜夜の根深い対立を組長も危惧していた。

様々な手続きを経て、ようやく組を抜けて久しぶりに莉緒の家に行くと、アパートはもぬけのからだった。

身体の力が一気に抜け、人の気配のしない冷たく無機質な部屋の前で立ちすくんだ。

愕然とした。両親が借金を残して逃げたように、莉緒も俺から逃げたのだ。

なにも言わずに莉緒は俺の前から姿を消した。

あの日、莉緒は俺を好きだと言ってくれた。だが、俺は莉緒に『好き』だと伝えなかった。

あのときはまだ、ハッキリとした確証がなかったからだ。

もしも素直に気持ちを伝えていれば、莉緒は離れて行かなかったかもしれない。

そうすれば、今も俺の隣で笑っていてくれただろうか……。

莉緒がいなくなったのは俺のせいだ。

未熟だった自分を、俺は責め続けた。

そして、五年後の今日、俺は莉緒と再会を果たした。

もちろん、それは偶然ではなく必然だ。

組を抜けたあと、ロースクールを卒業して司法試験に合格した。

けれど、それで弁護士になれるわけではない。

司法修習生に申し込んだあと、最高裁判所に呼び出され複数回の面談を受けた。

元極道だということでスムーズにいかないことも多々あったが、沢渡法律事務所に所属して、今は弁護士として働いている。

そっとスーツの胸元の金色の弁護士バッジに触れる。

外側には正義と自由を表す『ひまわり』、中央には公正と平等を追い求めることを表す『はかり』。

このバッジを手に入れ、生活が安定したら莉緒を捜そうと決めていたのだ。

会議室を出てスマホを確認すると、沢渡さんから『彼女とゆっくり話しなさい』というメッセージが届いていた。

物腰が柔らかく常に笑顔を崩さない沢渡さんは、ああ見えて元極道の組長だ。

同じ世界で生きてきたこともあり、彼は俺の生い立ちや境遇などに理解を示してくれている。

莉緒がこの病院で働いていることを知った俺が、沢渡さんに莉緒のことを話すと、『じゃあ俺が上手くいくようにサポートしてやろう』と乗り気だった。

電話がかかってきたとき、下手くそな芝居を打って会議室から出て行ったのも、院長に一人で会いに行くと言ったのも、気を利かせてのことだろう。

今日は早めに上がりたいと電話をかけると、沢渡さんは『久々に会うと盛り上がるよな。上手くやれよ』と二つ返事で了承してくれた。

「――もう二度とお前を離さない」

あの日と同じ失敗は、もう二度と犯さない。

五年ぶりにあの色素の薄い瞳で見つめられ、俺は確信を持った。

恥ずかしがると赤らむ頬もあの頃のままなにも変わっていない。

離れていても俺の莉緒への想いは微塵も薄れていなかった。

それどころか、離れていた分さらに気持ちが強くなる。

――急ごう。

莉緒の仕事が終わる時間まで、あと数時間しかない。

俺は急いで病院を出ると、車を走らせてある場所へ向かった。

# 第四章　突然の同居生活

『今の場所にいたら、子供にも危険が及ぶだろ』

桐生さんの予想通り、私のスマホ画面は不在着信で埋まった。

すべて非通知着信だったことから、國武組の取り立てだと悟る。

このままでは、本当に護にまで危害が加わる恐れがある。

美子にしばらく泊めてもらえるように相談する……？

ううん、そんなことできない。

泊まる理由を聞かれても、答えられない。

借金の取り立てから逃げているなどと話せば、心配をかけてしまうことになる。

だとしたら、今頼れるのは桐生さんしかいない……。

迷いながら職員用の裏口を出ると、駐車場にはピカピカに磨き上げられた白い高級外車が停まっていた。

私を逃がすまいと目を凝らしていたのか、桐生さんは私の姿を確認するなり運転席を降りて私の元へ歩み寄り、助手席に乗るように促した。

助手席の扉が開いた瞬間、後部座席にのせられている真新しいチャイルドシートに目を奪われる。

「えっ……桐生さん……、お子さんがいるんですか？」

あれから五年も経っているし、桐生さんが結婚していてもおかしくない。

すると、桐生さんは「そんなわけないだろう」とすぐに否定した。

「これからお前の子供が乗るから急いで用意したんだ。店員に聞いて選んだから間違いはないと思うが、気に入らなかったか？」

「そうじゃなくて……！」

なぜ、そこまでしてくれるの……？

「子供はどこに預けているんだ？　保育園か幼稚園、どっちだ」

「保育園ですけど……」

「場所を教えてくれ。すぐに向かう」

助手席に座り保育園の場所を伝えると、車はなだらかに動き出す。

革張りの高級そうなシートに体を預けると一週間の疲れがどっと押し寄せてきた。

酷く疲れて寝不足気味だったせいか、車の心地よい揺れにウトウトする。

「疲れてるならシート倒して寝ればいいだろ。着いたら起こしてやるから」

「いえ！　大丈夫です」

窓ガラスに頭をぶつけてそのたびにハッとして起きる私を、桐生さんは呆れたように見つめていた。

保育園から少し離れた場所に車を停めてもらい護を迎えに行くと、担任の七海《ななみ》先生と一緒に大量の荷物を持った護が出てきた。

最近、護は工作にハマっていて、保育園にある廃材の牛乳パックや卵の空き容器を組み合わせて大きな作品を作ってはこうやって家に持ち帰ってくる。

「これはまたすごいのを作ったねぇ」

「今日はさらに大きな工作物になってしまいました」

苦笑いする七海先生に頭を下げて、護の手を取り歩き出す。

護の工作で部屋がどんどん占領されていく。

持ち帰ってきて遊ばなくなったものは写真に残して処分しているものの、突然それを思い出しては『ママすてた!!』と騒ぐので少し困りものだ。

さすがに全部はとっておけない。

「ねぇ、護。今日はおうちじゃないところにお泊まりでもいいかな？」

「どこ～？」

「ママのお友達のおうち」

「うん、いいよ～」

目をキラキラと輝かせて嬉しそうにはしゃぐ護に微笑みながら車に歩み寄ると、私たちに気付いた桐生さんが車から降りてきた。

「……莉緒の……息子か？」

桐生さんは護をじっくりと見つめ、言葉を詰まらせていた。

「はい。護、といいます。護、ママのお友達の桐生さんだよ」

「……こんにちはぁ」

桐生さんを見上げながら、ちょっと緊張気味の護。

照れながらはにかんで挨拶をすると、桐生さんがふっと笑みを漏らして護の目線と同じ高さにかがんだ。

「……こんにちは。自分から挨拶できるなんて偉いな。今日からしばらく護はうちにお泊まりだよ」

ま、護……？　桐生さんはさらりと護を呼び捨てした。

しかも、しばらく？

優しく頭を撫でられながら、褒められて得意げな表情の護。

「わぁい！　おとまりおとまり～!!」

「じゃあ、家まで案内するから車に乗ろう」

「うん！」

普段大人に対しては人見知りをするはずの護なのに、もう私の手を離して桐生さんと手を繋いでいる。

桐生さんの車に興味津々な様子で乗り込んだ護は、車内の装備に驚いたように目を丸くした。

「かっこいい！　これなに？」

「勝手に触っちゃダメよ！」

リアシートのセンターアームレストに設置されたディスプレイボタンを押そうとする護を慌てて制止する。

「護は車が好きなのか？」

「すき！」

「そうか。じゃあ、あとでゆっくり車の中を見せてやろう」

桐生さんが子供を相手にするところを見たのは初めてだった。

護を見つめるその目は優しく、口調も穏やかだ。

「ママ、たのしみだねぇ」

「そ、そうね」

チャイルドシートに護を乗せた桐生さんは、念入りにシートベルトをチェックする。

「そういえば、これは？　保育園で作ったのか？」

桐生さんの視線が護の手元の工作物に向けられる。

「きょーりゅー」

「恐竜か。かっこよく作れたな。壊れたら大変だし、ママに持っていてもらおう」

桐生さんは護の隣に座った私にそれを預けた。

今……ママって……。桐生さんの言葉の破壊力に、私は打ちひしがれる。

「じゃあ、いくぞ」

「はーい！」

桐生さんは一度後ろを振り返り声をかけると、車をなだらかに発進させた。

「なに……このマンション……」

思わず声が漏れた。

桐生さんの家は、駅前の一等地の超高級タワーマンションだった。

敷地内の防犯カメラに加えて、二十四時間有人管理されている。

来訪者にはまずコンシェルジュが対応し、訪問先の住人に連絡して来訪者の身元を確認後、セキュリティカードを貸与する仕組みになっているらしい。

最上階の角部屋の玄関を開けると、そこはまるで別世界だった。

南向きのマンションは３ＬＤＫで、リビングの床は総大理石でピカピカと輝いている。

でも不思議なことに部屋の中には物が少なく、生活感がない。

「すごぉい！　おへやおおきい！」

ツルツル滑る床に興奮した護が、パタパタと部屋を走り回る。

「護！　走っちゃダメ！　下の階の人の迷惑になるでしょう‼」

「ごめんなさい……。あ、ママみて！　おそとがまるみえ！」

一面ガラス張りのリビングの窓に張り付いて、護は目を輝かせる。

「護、このおうちは気に入ったか？」

「うん！」

「じゃあ、ずっとママと一緒にこの家にいればいい」

「ちょっ、桐生さん……！」

思わず声を上げると、桐生さんは私の反応を楽しむようにクスクスと笑った。

「ああ、大変だ。ママが怒ってる」

と言いながらしれっとした顔の桐生さん。

「おへやみてきていい？」

「護、ダメよ。よそのお宅なんだから」

「いいよ。全部見てこい。好きに探検してきな」

「やった！」

桐生さんの言葉に、護が嬉しそうにリビングルームから出て行く。

私は護の背中を見送ると、改めて桐生さんに頭を下げた。

「ご迷惑をおかけしてすみません。明日は休みなので、不動産屋さんに行って新しい住まいを探してこようと思っています」

おそらくすぐには見つからないだろう。

そうなったら、物件が見つかるまでホテルに身を寄せるしかない。

「そんなことする必要はない。護も気に入っているみたいだし、ずっとこの家にいればいいだろう」

「そういうわけにはいきません」

頑なな私に、桐生さんはやれやれという表情を浮かべる。

「ひとまず、莉緒も部屋を見てきた方がいい」

そう促されて護の後を追うようにリビングから出ると、扉をひとつひとつ開けていく。脱衣場、浴室、トイレ。そのすべてが規格外に広く、清潔に保たれている。

キッチンやバスルームには、使いきれないほどの最新機能が搭載されていた。

リビングとキッチン以外に部屋は三つあった。リビングにほど近い場所にある部屋は主に桐生さんの仕事スペースのようだ。物の少ない綺麗な室内にはパソコンデスクが置かれ、壁一面に難しそうな法律関係の本が収納されている。

リビングの反対側にある廊下を突きあたった一番奥の部屋が、桐生さんが使用している寝室のようだ。

寝室はモノトーンで統一されていた。白い大理石の床と黒のアクセントクロス調が特徴の広々した寝室には、黒い重厚なダブルベッドとサイドテーブルが置かれていた。寝室の奥には人が住めるほどの広さのウォークインクローゼットがあり、洋服が綺麗に整頓されている。

最後にその隣の部屋に入った瞬間、私は目を見張った。そこには、見るからに真新しいダブルベッドが置かれていた。枕元には、大人用と子供用のキャラクター物の小さな枕が置かれている。

これ、全部桐生さんが……？

驚いていると、桐生さんが部屋に入ってきた。

「この部屋を莉緒と護の寝室にしようと思ってる。足りない物があれば用意するから教えてくれ」

「いえ、足りない物なんてありません」

そう言った瞬間、ズキンッと激しい頭痛に見舞われて、目の前がぐらりと揺れた。

「――莉緒!!」

咄嗟に桐生さんに体を支えられ、私は痛むこめかみを押さえた。

「おい、顔色が悪いぞ。具合悪いのか？」

「実は、今朝から少し体がだるくて……」

「どうして早く言わないんだ。とりあえずベッドで横になれ」

体を支えられてベッドに横になると、騒ぎに気付いた護が私の元へ駆け寄ってきた。

「ママどしたの？　だいじょぶ？」

「うん。ちょっと疲れてお熱が出ちゃったの。でも、大丈夫。すぐによくなるから」

三十八度。たまった疲れが出てしまったようだ。

桐生さんが持ってきてくれた薬を飲むと、私は再びベッドに横になった。

「ママへいき?」

護の瞳が不安げに揺れる。

昔から疲れが限界に達すると、高熱を出すことがあった。

「大丈夫だよ。心配かけてごめんね」と答えて微笑んだとき、桐生さんが護の頭をガシガシと撫でた。

「護、少しママを休ませてあげられるな?」

「うん……」

ベッドサイドに座り込み、不安そうな顔で私を見つめる護に気付いた桐生さんは、護の隣に腰を下ろしてニッと笑った。

「そうだ、護と遊ぼうと思って色々買ってきたんだ。見るか?」

「……みる!」

「隣の黒いベッドがある部屋のどこかに隠してあるから、探しに行ってみろ」

宝物探しが大好きな護は気を引かれたのか、ぱあっと表情が明るくなった。

「ママゆっくりねんねしててね」

「ありがとう、護」

護は私の頬にちゅっと可愛くキスをして、部屋を出て行く。

「桐生さん……すみません。迷惑をかけちゃって……」

「迷惑だなんて思ってたら、最初からお前たちをうちに連れて来たりしないだろ」

「でも……」

「いいからとにかく今は休め。護のことは心配しなくていいから」

「ありがとうございます」

二人が部屋を出て行ったあと、目をつぶると隣の部屋から護の大きな笑い声が耳に届いた。あんな風にすぐに打ち解けられたのは、桐生さんが護の本当のパパだからなのかな……。

「少し休ませてもらおう……」

急激な眠気が訪れ、私の意識はそこでプツリと切れた。


「んんっ……」

目を覚ましてベッドサイドの時計を確認すると、すでに二十時を過ぎていた。

「た、大変……！」

もうこんな時間……！

護にご飯を食べさせて、お風呂にも入れなくちゃ……。

薬を飲んでぐっすり眠ったせいか、熱はだいぶ下がったようだ。だるさももうほとんど感じない。

起き上がり部屋から出て長い廊下を歩き、明かりのついているリビングに向かう。

扉を開けると、中にいた護が振り返った。

「護……」

「ママおねつへーき？」

「なっ……！」

護の姿に目を凝らす。

リビングにいた護は見覚えのないキャラクターもののパジャマを着て、幸せそうにアイスを頬張っていた。

電気を消すとキャラクターが光るそのパジャマは、何度となく護におねだりされた物だった。

「どうだ？　少しは良くなったか？」

キッチンの奥から現れたのは、首にタオルを巻いた桐生さんだった。

滴る髪の毛の水滴を拭いながらこちらへ歩み寄る。

いつの間にかスーツではなくTシャツにルームパンツという、カジュアルな出で立ちになっていた。

濡れ髪のせいで、いつもと印象の違う桐生さんの姿にドキッとする。

「お、おかげさまでだいぶ熱は下がりました。それより、護のそのパジャマって……」

「チャイルドシートと一緒に買っておいた。しばらくの間の服と下着も用意してある。サイズがぴったりでよかった。もちろん莉緒の分も用意してあるぞ」

桐生さんはリビングに置かれた大きな段ボールの山を指差す。

「さすがに女物の下着や洋服を一人で買う勇気はなかったから、ネットで色々買っておいた。で、当日配送の手配をしておいた物がさっき届いた」

「なっ……」

段ボールと桐生さんを交互に見る。

なんて気が回るんだろう。桐生さんの行動に驚きを隠しきれない。

前からこんな人だったっけ……？

いや違う。昔は財布から抜いた万札を放るような不器用な人だったのに……。

「まもる、きりゅーさんとおふろはいったよ」

「え。そう……なの？」

「せなかきれいだったよー」

「ああ、そうねぇ……」

護が見たのは、桐生さんの入れ墨だろう。

どんな反応をしたらいいのか分からずに困っている私に気付いた桐生さんが、申し訳なさそうな顔をした。

「風呂に入れたのはいいが、これのことを忘れてた。見せるべきじゃなかったな。すまない」

「いえ！　それより、色々すみませんでした。お風呂まで入れてもらえて、本当に助かりました」

「謝るな。俺が勝手にしたことだ」

するとと、桐生さんは私の手を引き、護の隣に座らせた。

「俺と護は出前を取った。莉緒はなにが食べられるか分からなかったからお粥を作っておいたんだが、食べるか？」

冷蔵庫から出した冷えたミネラルウォーターを私に差し出しながら、尋ねる。

「桐生さんが……？」

信じられない。私の為に桐生さんが手料理を振る舞ってくれるなんて……。

「ああ。正直、料理なんてしないし味付けには自信がない」

……って言ったって、桐生さんのことだし、簡単になんでもやってのけてしまうんだろう。そう思っていた私は、目の前に運ばれてきた卵粥に度肝を抜かれた。

「あら……」

卵粥は見事に水分が飛び、下の方はわずかにこげついている。

恐る恐るレンゲで口に運ぶと、目玉が飛び出しそうになる。

とんでもない塩っ気だ！

「無理して食べなくていい」

私の反応に桐生さんは分かりやすく狼狽して眉を曇らせ、心配するような目を向ける。

「いえ！　とっても美味しいです」

塩気強めのお粥に何度もむせながらも私はすべてを平らげ、ミネラルウォーターを一気飲みする。

桐生さんが私の為にと作ってくれた初めての手料理を、一口たりとも残したくはなかった。

「ご馳走様でした」

両手を合わせる私の隣にいた護は、目を擦り眠たそうな様子だ。

それに気付いた桐生さんが、私に尋ねた。

「もう寝る時間だな。護はいつもどうやって寝てるんだ？　一人でか？」

「いえ。いつも絵本を読んであげてから寝かしつけています」

「絵本か……、なるほど。護、ママはまだ具合も悪いし、俺と一緒に寝るか？」

「うーん……」

どうしようか首を傾げて悩んでいる護。

「桐生さん、さすがにそこまでしてもらうわけにはいかな……」

「うん！　そうする～」

え、護!?

「よし。うちに絵本はないからタブレットで見るか。なんの絵本がいいか一緒に選ぶぞ」

「まもる、よんでほしいのあるの」

「おお、じゃそれにするか」

ソファに移動してタブレットを手に取る桐生さんの隣に座ると、嬉しそうに画面を覗き込む護の姿に胸が熱くなる。

こうやって親子三人で一緒に暮らせたら、どんなによかったか……。複雑なしがらみを取っ払って家族になれたら、きっとこれ以上の幸せはなかっただろう。

護の歯磨きを終えると、桐生さんは今にも眠りに落ちそうな護を抱っこしてリビングに戻ってきた。

「護のことは俺に任せてくれ。風呂も沸いてる。部屋の物は適当に使ってくれて構わないから」

「分かりました。ありがとうございます」

ダイニングの椅子から立ち上がり、桐生さんの腕の中にいる護の頭を撫でた。

「ママ、おやすみぃ」

「うん、護ごめんね。おやすみ」

リビングから出て行った二人を見送ると、私は遠慮がちに大きな段ボールを開けた。

「桐生さん……センス良すぎ……」

思わず、感嘆の声が漏れた。

中にはぎっしりと私好みの洋服などが詰まっていた。その中から、とろみ素材のモカベージュのお洒落なルームウエアと下着類を取り出して、バスルームに向かう。

足を伸ばしても余裕がある、広々としたジェットバスに肩まで浸かって、疲れを癒やす。爽やかな水色の湯船と、甘いムスクの香りに心地のよいため息が漏れる。

こんな風に一人でゆっくりと湯船に浸かれたことは、護が生まれてからは一度もなかった。

日々慌ただしく過ごし、一日が終わると疲れ果てて泥のように眠りにつく。

精神的にも肉体的にも苦しかったけど、それでも頑張っていられたのは護という存在があったからだ。

護を身ごもってから、私はこの子の為に生きると決めた。

護はずっと孤独だった私の元へやってきてくれた、たった一人の家族だから。

お風呂を上がると、桐生さんは五年前と同じようにリビングのダイニングテーブルにノートパソコンを広げて仕事をしていた。

その姿にぐっと胸が締め付けられる。もう二度と、その姿を見ることはないと思っていたのに……。

私に気付くと、パソコンを閉じてこちらに目を向ける。

「具合はどうだ？」

「もう熱も下がったので平気です。お風呂に入ったらスッキリしました。あの……護は？」

「疲れてたのかすぐに寝たよ」

「そうですか……。本当になんてお礼を言ったらいいか。ありがとうございました」

「礼はいい。それよりこっちへきてくれ。少し話そう」

私はテーブルを挟んで、桐生さんと向かい合うように座った。

「で、貼り紙をした奴に心当たりはあるんだろう？　俺にすべて話してくれ」

桐生さんの言葉に私は目を伏せた。

「その話はしたくありません……」

「知ってしまった以上、見て見ぬふりはできない。今日、莉緒のアパートに人を向かわせて証拠写真を撮ってきてもらった」

私のショックを考えてか、桐生さんは口頭で貼り紙の内容を伝えた。

思った通り『金を返せ』とか『借金を踏み倒すな！』とか、お金に関する文言が多かったようだ。

書かれた情報が真実か虚偽かは関係なく、アパートの扉に貼り紙をして名誉を傷付けるのは、名誉毀損罪にあたる可能性があるという。

さらに嫌がらせの場合、刑事責任だけでなく民事責任も問われると、分かりやすく教えてくれた。

「これは違法行為だ。相手の名前や住所が分かっているなら損害賠償も請求できる事例だぞ。……なにがあったんだ、莉緒。話してくれ」

必死にそう訴えかける桐生さん。けれど、私は首を横に振り、それを拒んだ。

「言えません……」

「それを言えば、俺に迷惑がかかると思ってるのか？」

「違います！」

慌てて顔を上げて否定すると、桐生さんはやれやれとため息を吐く。

「言いたくないということだけは分かった。とにかく、しばらくはここで暮らすんだ。むしろ、ずっといてもいい」

「……どうして私なんかに、こんなにもよくしてくれるんですか？」

私は思わず尋ねた。

「桐生さんと関係を持ったあと、突然姿を消して……さらには元カレとの子供まで産んだ私に、なぜここまでしてくれるんですか？」

ずっと不思議だった。桐生さんはどうして私と護を助けてくれるんだろうと。

もう私と桐生さんにはなんの関係もないというのに……。

「五年前、俺は自分の意思で組を抜けた。お前を抱いたあの夜、莉緒への気持ちに気付いたからだ」

「……っ」

「でも、莉緒は黙って俺の前から姿を消した。最初はなにも言わずに出て行ったお前を責めたくなった。でも、俺はお前にちゃんと言葉で気持ちを伝えていなかったことに気が付いた」

桐生さんに熱っぽい瞳で見つめられて、トクンっと心臓が高鳴る。

「俺は今も、あのときのお前と同じ気持ちだ」

「え……？」

「お前と出会って、家族というものが欲しくなった。俺はお前と護と家族になりたい」

「ま、待って下さい。でも、護は桐生さんの子供じゃ……」

「分かってる。だが、護は莉緒の子だろう？　愛する女の子供なら、父親が誰かなんてそんなの関係ない」

「桐生さん……」

「五年前のようにお前を失って後悔したくない。お前と護と一緒にいられるなら、俺はなんだってする。その覚悟はある」

喜びに胸が打ち震え、目頭が熱くなるのを必死に堪える私に、桐生さんが追い打ちをかける。

「俺と家族になろう、莉緒。俺がお前たちを守っていく」

五年前の桐生さんは、気持ちを言葉にすることが苦手だと言っていた。

でも、今はこうやって自分の気持ちを言葉にして伝えようとしてくれている。

必死な彼の想いに触れ、胸が温かくなると同時に罪悪感が込み上げる。

私は桐生さんに嘘をついている。

護は……良太の子供ではなく、あなたの子なの……。

「ごめんなさい……。私はその気持ちを受け取ることはできません」

桐生さんはほんのわずか沈黙して、複雑そうな表情を浮かべた。

「……まあ、そう言われることは承知の上だ。今すぐにとは言わない。これから少しずつ家族になっていけばいいだろう」

桐生さんは私の答えを見透かしていたかのように、余裕の笑みを浮かべたのだった。

翌朝目を覚ました私は、見覚えのない部屋に驚き飛び上がった。

隣には私の身体にくっついてスヤスヤと寝息を立てる護がいて、ホッと胸を撫で下ろす。

昨日の出来事が夢ではなかったんだと改めて実感する。

ぐっすりと眠ったせいか体調も回復していた。

それどころか、ふかふかのベッドで長時間眠ったおかげか体の疲れも取れ、肌艶までいい気がする。

護を起こさないようにゆっくりとベッドから降りて、部屋を出る。すると、リビングの方から物音がした。私は長い廊下を歩いて、リビングに足を踏み入れた。

「おはようございます」

室内はコーヒーの香りが漂っている。

「おはよう。体調は？」

「おかげさまですっかりよくなりました。というか、むしろ今までにないぐらいの最高な目覚めでした」

「それならよかった」

まだルームウエアの私とは対照的にすでに身だしなみを整えた桐生さんは、ダイニングテーブルに私を座らせ、オシャレな紙袋から何やらたくさんのパンを取り出した。

「な、なんですかこのお洒落なパンは……！」

「朝食用にと思って買ってきた。病み上がりで食べられないようなら、違う物を用意するぞ」

「い、いえ！　食べられます。むしろ……全部美味しそう……！」

「たくさん買ってきたし、好きなだけ食べていいから」

そう言われても種類が多すぎて迷ってしまう。

定番のクロワッサンだけでなく、シンプルなイタリアパンに、ベーコン、トマト、レタス、アスパラをサンドしたカンパーニュ、それにハムとチーズがふんだんにのったクロックムッシュまである。

普段なら買いたくてもぐっと我慢する、可愛くないお値段のパンに心が弾む。

どれがいいか迷っていると、目を擦りながら護がリビングにやってきた。

「……パン？　おいしそう！」

「護、おはよう。やっぱりお前たち、親子だな」

テーブルにやってきて目を輝かせる護を見て、桐生さんはフッと笑みを浮かべた。

ダイニングテーブルに三人で座り、護の「いただきます！」を合図に朝食を食べる。

「ママ、これおいしいねぇ」

護の手が止まらない。

普段なら食の細い護はすすんで朝食を食べようとしないのに、よほどこのパンが美味しいようだ。

「そうだねぇ」

パンを頬張る私たちとは対照的に、桐生さんはホットコーヒーを飲むだけで一向にパンに手を出そうとはしない。

「桐生さん、食べないんですか？」

「ああ、昔から朝食を食べる習慣がない。なんなら一日一食のときだってあった」

私は思わず声を上げた。

「えぇ!? ダメですよ、朝ご飯はちゃんとしっかり食べないと！　しかも、一日一食だなんて……。倒れたらどうするんですか！」

「心配してくれてんのか？」

嬉しそうに口元を緩めた桐生さん。バチっと目が合い、なんだか急に照れ臭くなる。

「そりゃ……誰だってそんな食生活をしてれば心配になります……よ」

ごにょごにょと語尾が小さくなる私を、桐生さんは楽しそうに見つめる。

ということは、このパンは全部私たちの為だけに買ってきてくれたってこと……？

私は恐る恐る尋ねた。

「あの……桐生さん。昨日から色々買って頂いている物と昨日の夕飯、それから今日のパン……全部でおいくらですか？」

「そんなこと気にしなくていい。俺が勝手にやっていることだ」

桐生さんは憮然とした態度で言う。

「そういうわけにはいきません。お支払いします！」

「それは諦めろ。これからも俺がやりたいことはするし、買ってやりたいと思う物は買う。それは俺が勝手にやっていることだから莉緒には関係ない」

「でも……桐生さんにお金を出してもらうわけには……」

すると、話を聞いていた護が「おかね？」と首を傾げる。

「護は聞かなくていいよ。大人の話だから」

桐生さんはそっと護の背後に回り込んで、手のひらで護の耳を覆った。

「――いいか、護も気にするし今後一切金の話はするなよ。分かったな？」

「でも……」

「前に莉緒が言ったんだろ。金は大切な人の為に使えって」

真っすぐ私の目を見ながら、よどみのない口調で言う桐生さん。

「言いましたけど……」

驚きに目を見開く。

確かに五年前にそう言ったけど、まさかそんなことまで覚えてくれているなんて。

あのときは納得がいかない様子だったけど、私の言葉はちゃんと桐生さんに響いていたんだ。

驚き以上に喜びが込み上げてきて、胸が熱くなる。

「今の俺にとって大切なのは莉緒と護だ。二人の為に金を使うのは、俺にとって本望だ」

「……分かりました」

渋々頷くと、桐生さんは護の耳から手を離した。

「ママ～、きょうなにする？」

食事を終えた護が、私の顔を覗き込んで尋ねた。

「ん～……、そうねぇ」

体調も回復した。天気もいいし、休日ぐらい公園にでも連れて行って一緒に遊んであげようかな……。

そんなことを考えていると、「護」と桐生さんがニっと笑った。

「ママはまた熱出したら大変だし、家にいてもらおう。その代わり、天気もいいし俺と二人で公園でも行くか」

「こーえん？　いく!!」

「じゃあ、そうしよう。確か歩いて行ける場所に遊具のある公園があったな……」

大喜びの護とスマホで公園の場所を調べる桐生さんは、昨日初めて会ったというのにすっかり打ち解けたようだ。

「桐生さん、そう言ってもらえるのはありがたいんですが……」

「安心しろ。護を誘拐したりしないし、ケガをさせないように責任をもって面倒を見るから」

「そうじゃなくて……」

私が心配しているのは、桐生さんの体のことだ。

弁護士の仕事量は私には分からないけど、夜中に私がトイレに起きるとリビングの電気はついたままだった。

きっと遅くまで仕事をしていたに違いない。

そのうえ、私たちより早く起きて朝食まで準備してくれていた。

「私、桐生さんに甘えすぎちゃってます……」

「俺にならいくらでも甘えてくれて構わない。弁護士になってから育児や家事に追われる母親の話を聞く機会が増えて、その大変さを知ったんだ。だから、少しでも協力してやりたい」

「でも……」

「俺にできることならなんでもやるって言っただろ。昨日まで高熱があったんだ。昼間は無理せずゆっくり過ごすといい」

支度を終えると、護は桐生さんと手を繋いでマンションを出て行った。

急に静まり返った広い部屋の中で、暇を持て余してしまう。

「……そういえば……」

そのとき、ふとずっとスマートフォンの電源を入れていなかったことに気が付いた。

桐生さんと一緒にいるときに國武組の川島から連絡が来て、それを彼に知られたらマズいことになると思い電源を切っておいたのだ。

寝室のバッグの中からスマホを取り出して、電源を入れると顔が強張る。

電源を切っている間にも電話がかかってきたことを知らせるＳＭＳは、三十件を超えている。

「どうしてここまでしつこいの……？　私がなにをしたって言うのよ」

今までの借金だって私のものではなく、叔父がつくったものだ。

それに、私は連帯保証人になった覚えもない。

ぐっと奥歯を噛みしめる。

私の近くには、桐生さんという頼りになる弁護士がいる。

彼に頼ればきっとあっという間に問題を解決してくれるに違いない。

だけど、國武組の男は桐生さんのことをよく知っていた。

もしも今、極道から足を洗って弁護士になったなどと知れば、桐生さんに迷惑をかけるようなことをしでかす可能性もある。

「言えないよ……」

ポツリと呟いたとき、手元のスマホがブルブルと震えた。

画面には非通知着信と表示されている。

「やめてよ……。もうやめて……」

私はギュッと目をつぶって耳を塞いだ。

＊＊＊

俺は、子供の体力をいくらか侮っていたようだ。

徒歩数分圏内にあった遊具の豊富な公園に護を連れて行くと、初めて来た公園のせいか護はあっちへ行ったりこっちへ行ったり、とにかくグルグルと動き回った。

鉄棒やジャングルジムなど、危険が伴う遊具で遊ぶ護にケガをさせないように、細心の注意を払いながら見守る。

「こんにちはっす～」

すると突然、背後から声をかけられて振り向く。

そこには護と同い年くらいの子を連れた男が立っていた。

護と男の子は目が合うと「いっしょにあそぶ？」「うん！」というやりとりのあと、揃って駆け出した。

子供同士は順応が早い。二人の背中を微笑ましく見送る。

「……久しぶりだな、松。元気してたか？」

俺は隣に並んだ松に声をかけた。

「まあまあっす。でもやっぱ兄貴がいないとつまんないっすわ」

松は俺が龍王組にいるとき、若頭付という秘書的ポジションでいつも俺を支えてくれた。見た目はチャラチャラしているが、仕事のできる有能な男で、俺は一番の信頼頼を置いていた。

俺が組を抜けたあとも、松はそのまま龍王組に残り、本部長として龍王組の幹部に昇進した。一方、若頭には山岸桜夜が就き、かなり荒いやり方で、東京の西まで勢力範囲を広げている。

「一誠《いっせい》、でかくなったな。前見たときは赤ん坊だったのに」

一誠は松の妹の子供で、暇さえあれば預かっているらしい。一誠がまだ乳児だった頃は、授乳の時間があるから短時間しか預かれないとよく松が愚痴っていた。

「そうっすね。ここまででかくなったおかげで、今は俺一人で外に遊びにも連れてこられるし、最高っす！　一誠が大人になって一緒に酒飲むのが、今の俺の夢なんです」

松は子だくさん家族の長男として育ったからか、こうやって一誠を預かっても上手く遊ばせることができる。

「そういえば、兄貴あの件……」

そのときベビーカーを押した夫婦がやってきたのに気付いて、松が話題を変えた。

「いやー、今日は暑いっすねぇ」

仕方なく松の調子に合わせて頷く。

「ええ、午後はさらに暑くなる予報でしたよ」

「お互い、着るもん間違いましたねぇ～。長袖なの俺らだけっすねぇ～」

「バカ。お前、わざとらしいぞ」

確かにこの公園内で長袖を着ているのは俺と松だけだ。

腕にまでびっちり入れ墨が入っているせいで、半袖を着ると見えてしまう。

昨日の病院のクレーマーのように、あえて入れ墨を見せることで虚勢を張り相手を脅かそうとする人間も少なからずいるが、俺は逆だった。

その為、どんなに暑くても家以外では長袖を着用している。それは、松も同じだ。

周りに人がいなくなると松が口を開いた。

「で、今日俺を呼び出したのは昨日の件ですか？」

松には昨日、莉緒のアパートへ行き証拠写真を撮るように頼んでおいた。

「ああ、莉緒は俺になにかを隠したがってる」

「あれ、どっかの組の借金の取り立てですよ。あの紙の貼り方とか、文言とかチンピラヤクザのそれでしたから。姐さん、誰かに脅されてるんすかね」

なぜ莉緒が俺の前から突然姿を消したのか、それが借金の取り立てと関係があるのか、今はまだ分からない。

「その可能性はある。すべてを話してくれれば力になってやれるんだが、頑なに話そうとしないんだ」

少し前、俺は松に頼み莉緒を捜してもらった。

そして、住んでいる場所と勤務先、それに幼い息子がいるということを知らされた。

五年という歳月が流れ、莉緒が結婚している可能性も考えていなかったわけではないが、それでもやはりショックだった。

当初は莉緒が幸せなら身を引こうと考えていた。

でも、息子を女手一つで育てていることが分かった。だから、莉緒に会ったら改めて子供のことを聞くつもりだった。

そして、偶然にも絶好の機会を得た俺は、無事に莉緒との再会を果たすことができた。

五年ぶりに見た莉緒は、以前と全く変わらず凛としていて美しかった。

もう二度と同じ過ちは繰り返さない。

莉緒の子供の父親が誰であれ、莉緒と息子を幸せにするという覚悟を、俺はあの日心に誓った。

「姐さんって、強情っすからね」

「そうだな」

「でも、姐さんって可愛いっすよねぇ。兄貴の目付けた女じゃなかったら、俺もちょっかい出してたかも。スタイルもいいし、ほらっ、おっぱいもおおきい――」

「テメェ。それ以上言ったらただじゃおかねぇぞ」

けん制するように睨むと、松は楽しそうに笑う。

「兄貴、ダメっすよ～。そういう言葉遣いは。今は弁護士先生なんでしょ？」

「俺を茶化すなんて、テメェいい度胸してんじゃねぇか」

「へへへっ」

松の頭をひっぱたいてやりたいのをぐっと堪える。すぐそばの大きな木の下には、レジャーシートを敷いてくつろぐママ友らしき集団がいた。

全く。莉緒の胸の話をするなんて言語道断だ。

俺だって一度しか触れたことがないというのに……。あの柔らかい感触を思い出すと、今もたまらない気持ちになる。

「てか、俺も久しぶりに姐さんに会いたいっす。また飯作ってくんねぇかなぁー」

「今、うちのマンションにいる。今度時間があるときに頼んでおいてやるよ」

「マジっすか！　やっべー、楽しみ～」

すると、松が「おーい！　一誠！　滑り台滑んのはやめろ～！　もう熱くなってんぞ～！」と声を上げた。

その声に反応して、護と一誠は渋々滑り台から降りて鬼ごっこを始める。よっぽど気が合ったようだ。初対面とは思えないほどのはしゃぎっぷりだ。笑顔で一誠を追いかけまわす護に、思わずフッと笑みが漏れた。

「滑り台ってヤバいんっすよ。昔、妹が真夏にスカートで滑って大火傷っす」

「ああ、確かに熱くなるな。気を付けないと」

そういう危険もあるのかと、改めて考えさせられる。

子供のいない俺は分からないことだらけだ。もっと子供について知ることで、莉緒を助けていきたい。

そのとき、ふと昨日の夜の出来事を思い出し、そういうことに詳しそうな松に聞いてみることにした。

「なあ、松。お前、一誠に絵本を読んであげることはあるか」

「そんなんしょっちゅうっす」

「実は昨日、読んでみたんだがどうも棒読みでな。上手い読み方はあるか？」

「なっ、マジっすか！　兄貴、絵本読むんっすか⁉」

「うるせぇな。それぐらいできた方がいいだろう」

松は俺から顔を背け、口元を覆い肩を震わせながら必死に笑いを堪えている。

「いいからさっさと教えろ」

「読むときにちゃんと感情を込めるんですよ。登場人物になりきって声も変えて。できるだけ大袈裟に読むと子供ってめっちゃ喜びますよ」

「大袈裟に……か。なるほど、勉強になる」

「兄貴、なんかすげぇいいパパじゃないっすか」

「パパか。その響きは悪くない」

気分を良くしたとき、公園に自転車に乗った小学生がやってきた。

高学年と思しき子供は、自転車を降りるとブランコの順番待ちの列に割り込んだり、滑り台の滑走面を逆走し、滑ろうとする子供を「邪魔！」と押しのけた。

それに飽きると、今度は物凄い勢いで公園内を自転車で走り回り、「お前らどけよ！」と周りにいる人間を怒鳴りつけ、目に余る傍若無人な振る舞いを繰り返す。

「大勢人がいるのにあぶねぇなアイツ」

「そうだな」

松の言葉に頷いたとき、一誠に自転車がぶつかった。

尻もちをついた一誠に、小学生は「邪魔だよ、クソガキ!!」と足で砂をかけた。

「てめぇ、この野郎!!」

一瞬で目を血走らせる松。

「やめろ。大袈裟に騒ぎ立てるな」

ギリギリと奥歯を鳴らして怒る松を制止する。ふくよかな体形の小学生は、上下黒色でゴールドの英字入りのセットアップを着ていた。足元はヨレヨレのビーチサンダル。長い襟足を金髪に染め、肌は真っ黒に日焼けしていた。

「だめー!! やめて!!」

すると、護が一誠と小学生の間に入り、果敢に立ち向かった。

「どけ! この野郎!」

身体の大きな小学生に押されて護までもが尻もちをついたとき、俺と松は二人の元へ駆け寄った。

「お前ら、大丈夫か?」

「うん……」

二人に大きなケガがないことを確認してから、ふぅと息を吐く。

「松、二人のこと頼んでいいか? ちょっと、あの小学生と話してくる」

「あ、兄貴……目据わってますけど、アイツ殺したりしませんよね?」

「するわけねぇだろ。ただ、詫びは入れさせるけどよ」

顔を強張らせる松に二人を任せると、俺は逃げようとした小学生を追いかけて呼び止めた。

「待て！　逃げるってことは悪いことをしたって分かってんだよなぁ？」

「なんだよ、アイツらが邪魔だったんだよ‼」

眉にラインの剃り込みを入れた小学生が、意気揚々と言い返してくる。

「邪魔だったらなにをしてもいいのか。お前は小学生だろう。年下相手に恥ずかしくないのか？」

語気を強めると、さすがに怯んだ様子を見せた。

「だって……」

「だって、じゃないだろ」

怒りを押し殺して鋭く睨み付けると、小学生は目を潤ませた。

「弱い者には手を出すな。それが男だ。あの二人にちゃんと謝れば、今日のところは許してやる」

これ以上詰めても大人げないと引こうと思ったとき、物凄い力で肩を掴まれた。

「テメェうちのに何してんだコラァ！」

「父ちゃん！」

振り返ると、そこにいたのは髪を染め太い金色のネックレスをつけた若い男だった。

今時あまり見ないチンピラのような柄シャツを着た品のない男が、俺に詰め寄る。

「俺の子に喧嘩売んのか、コラ⁉」

「こいつが俺に説教するんだ‼　父ちゃん、なんか言ってやってよ‼」

父親の後ろに隠れて、勝ち誇ったような不敵な笑みを受かべる小学生に、心底呆れかえる。

「おめぇ、事と場合によってはこっちも考えがあるからなぁ⁉　ああ⁉」

きったねぇな。顔近付けてきて、唾飛ばすんじゃねぇよ。

胸の中で呟きながら心を無にして言う。

「彼より小さな子供にぶつかり尻もちをつかせた挙句、足で砂をかけました。そのあと、それを止めた子供の肩を押して転ばせた。それを俺が諫めていました。それだけのことですが、なにか？」

「こいつはまだ小学生だぞ？　そんなことでいちいち目くじら立ててんじゃねぇぞ、コラッ」

「でしたら、彼に謝らせて下さい。公園内でした数々の危険行為だけでなく、自転車で走り回るのもやめさせてもらえますか？　悪いことは悪いと教える、それが保護者としての責任と義務だ」

怯まず言い返すと、男は顔を真っ赤にした。

「てめぇ、この野郎！　ナメてんかコラァ!!　なんでうちのが謝んなきゃいけねぇんだよ。お前、俺が誰か知ってんのか!?　あぁ!?」

男は大声を上げて凄んでいるつもりだろうが、俺には喚き散らしているようにしか見えない。

弱い犬ほどよく吠えるという典型だ。

不穏な空気を感じ取ったのか、家族連れがゾロゾロと公園から出て行く。

「あなたのことなんて知るはずもないでしょう。いいから早く謝らせて下さい」

「俺はなぁ、隣町の八須組《はちすぐみ》の若頭と知り合いだぞ!?　あんま調子こくと、お前も息子も若頭に頼んでこの辺にいられなくしてやるからな!!」

やれやれと心の中でため息を吐く。

話の全く通じないこの男とは、やりとりしていても時間のムダだ。

俺は一歩前に出て男を見下ろし、押し殺した声で言った。

「八須組の若頭はクスリで捕まって今はムショん中だろうが。ハッタリかますのもいい加減にしろよ、こら」

「なっ……！　お、お前の方こそハッタリだろ!?」

男が目を見開いて俺を見上げる。

「……んだと？　テメェのガキが悪さしたんだろぉが。親のお前が落とし前つけんのが筋じゃねぇのか？」

「謝れってことかよ……!?」

「ガタガタ言ってねぇでさっさと詫び入れろや」

「ひぃっ……」

目は口ほどに物を言う。男の目はわずかに潤み、瞳が小刻みに揺れる。

「って、最初から言ってるじゃないですか。早く謝ってもらえます？」

「と、父ちゃん……」

さっきまでの威勢はどこへやら、男の足は生まれたての子鹿のように情けなく震えている。

戦意喪失した男の服の裾をクイクイッと引っ張る息子の手を、男は振り払った。

「めんどくせぇな!!　早く謝ってこい!!」

「どうしてだよ!?」

「いいからさっさとしろ!!」

父親という楯を失った小学生は護と一誠に歩み寄ると、素直に「ごめんなさい」と謝った。小学生の後を追うように三人の元へ向かい謝罪を見届けた俺は、小さく息を吐いた。

「もうやんなよぉ。次はねぇぞ~？」

松にまで諫められて小学生は半泣きだ。

逃げるように公園を出る父親の後を追いかけて行った。

「護、大丈夫か？」

「……うん」

護はぐっと唇を噛みしめて泣くのを堪えている。

「偉いぞ、護。小学生から一誠のことを守ろうとしたんだな」

「だって、ぼくはまもるっていうなまえだもん」

「ああ、そうだな。お前は強いよ」

たまらず護を抱き上げると、ホッとしたのか護は俺の首に腕を回して泣き始めた。

咄嗟に誰かを守ろうとするのは、とても勇気のいることだ。

なのに、まだたった三歳の護は身を挺してまで一誠を守ろうとした。

自分よりも強い敵に果敢に向かって行った護の姿に、胸を打たれる。

護はやっぱり莉緒の子だ。

信じられないほどの度胸と根性が備わっている。

「一誠は大丈夫か？」

「うん、ぜんぜんへいき」

一誠はケロリとした表情で頷く。さすが松の甥っ子だ。

「にしても、かっこよかったなぁ。偉いぞ、まもるん！」

「おい、なんだまもるんって。変なあだ名付けんな」

松が護の頭をガシガシ撫でて褒めると、護は涙を拭って少しだけ得意げな表情を浮かべた。

すると、松が俺と護の顔をジッと間近で見比べて首を捻った。

「なんか見れば見るほど、まもるんって兄貴に似てるんっすよねぇ」

「……なんだと？」

「まもるん、本当は兄貴の子だったりして」

俺は腕の中にいる護をチラリと見た。護は、二重のクリッと丸い大きな瞳で俺を見つめ返す。

そうだったらどんなにいいだろう。

だが、莉緒はハッキリと元カレとの子だと言い切った。

「俺たちはそろそろ帰る。一誠、また護と一緒に遊んでやってくれ」

「うん。またあそぼーね！」

「いっせーくんばいばーい！」

手を振って公園を出ると、すぐ近くの自販機に立ち寄る。

「暑くて喉が渇いただろう。なにがいい？」

「メロンソーダ！」

即答した護に思わず微笑む。

子供の頃、俺もメロンソーダが好きだったな……。

さっき松が言っていた言葉が頭に浮かぶ。

護が俺の子だと……？

そんなのありえないことだ。

ただ同時に松の言葉が頭に浮かび、湧き上がりそうになるわずかな期待を必死に押しとどめた。

# 第五章　元カレの登場

「きりゅーさんかっこいいの！」

家に帰ってきた護は興奮気味に公園であった出来事を話し、桐生さんのように強い男になるんだと言い始めた。

桐生さんに尋ねると、大したことはないとはぐらかされてしまったから詳しいことは分からないままだ。

新しいお友達もできたと護はご機嫌だった。

その日の午後、体調の良くなった私は桐生さんに付き添われて一度自宅アパートへ荷物を取りに戻った。

生活に必要な物は桐生さんがすべて用意してくれたので必要なかったけれど、保育園関連など、どうしても必要な物があったからだ。

家の周りに國武組の男がいるかもしれないと警戒していたものの、怪しい人物は見当たらずホッと胸を撫で下ろす。

玄関の貼り紙もすべて剥がされ、綺麗になっていた。

荷物を積み込むと、車はなだらかに発進する。

護は午前中の疲れが出たのか、後部座席のチャイルドシートでぐっすりと眠ってい
た。

「うちに住んでいる間、護の保育園へは俺が送迎する。帰りも車で迎えに行くから」

「そ、そんなことまでしてもらうわけにはいきません！ それに、送迎は保護者か家
族と決められているので……」

「だったら、俺と家族になればいい。そうすれば話は早いだろ」

「桐生さん!!」

「なぜ俺をそんなに拒むんだ。あの晩、お前は俺が好きだと言っただろう？」

信号待ちになり、桐生さんが横目で私の反応を窺う。

突然の桐生さんの言葉に驚き、動揺を隠せない。

「そ、それはもう五年前の話ですから」

平静を保とうとしても、しどろもどろになってしまう。

「じゃあ、もう俺を好きじゃないのか？」

「それは……」

そんなのこたえられるわけないよ。

「まあ、いい。それなら、護を保育園へ送ってその足で莉緒の病院に行く。俺はそこからすぐそばの弁護士事務所に行く。時間的にちょうどいい」

「それを毎日するつもりですか？　桐生さんの負担が大きすぎます！」

「俺のことは気にしなくてもいい。すべてがお前たちの為なわけじゃない。なによりそうすることで、俺自身が安心できるからだ」

「桐生さんが……？」

「ああ。貼り紙を貼った奴がお前たちに手を出すんじゃないかと、心配でたまらない。だから、できるだけそばにいたい」

信号が青になり、緩やかに車は走り出す。

少し走ると桐生さんは、右にウインカーを出した。スムーズなハンドルさばきで、大手チェーンのコーヒーショップのドライブスルーゾーンに入る。

「もうすぐ十五時だ。護のおやつでも買おう。莉緒はなにがいい？」

「……いえ、私は大丈夫です」

「そうやって遠慮するところ、五年前から変わってないな」

車列が進む。フッとわずかに表情を緩めた桐生さんの横顔に、胸の中が甘酸っぱい感情でいっぱいになる。

桐生さんは自分用のアイスコーヒーと新作のフローズンドリンク、それにマフィンやスコーンを頼んだ。

「ほら」

「ありがとうございます」

チョコチップののったマフィンと桃の果実がゴロゴロ入ったフローズンドリンクを差し出され、私はおずおずと受け取ってお礼を言った。

「五年前に食べたがってた店のじゃないけどな」

「覚えてたんですか……？」

「お前とした会話は、全部覚えてるに決まってるだろ」

喜びが湧き上がってきて、私は悟られないように慌てて話題を変えた。

「マフィンは家に帰ってから食べますね」

「どうして？」

車は幹線道路を進む。近くに大型ショッピングモールが建った影響なのか、車の長い列ができていた。

「こんなにピカピカな車内を汚すわけにはいかないので」

乗り心地は最高とはいえ、多少なりとも揺れる車内でマフィンを食べる勇気はない。

「そんなこと気にしなくていい」

「いやいや、気にしますって。桐生さんの大切な車を汚せませんよ」

渋滞で車は完全に停止した。その間に、桐生さんは袋からマフィンを取り出して、私に差し出す。

「俺には、莉緒と護以上に大切なものなんてない」

受け取るかどうか迷っていると、桐生さんは私の右手を掴んだ。

大きくて温かい桐生さんの手のひらの熱に、心臓がドクンっと音を立てる。そして、有無を言わさず私の手にマフィンをのせる。桐生さんの圧に負けた私は、その言葉に甘えて恐る恐るマフィンを頬張った。

「これ、すっごく美味しいです……！　でも、桐生さんに甘やかされて今朝から物凄いカロリーをとってる気がします……。どうしよう……またお腹にお肉が増えちゃう」

朝のパンに始まり、昼は出前のお寿司を食べ、そしてさらに高カロリーのフローズンドリンクを飲んでマフィンまで食べている。

「少しくらい増えたってどうってことないだろ」

桐生さんはなんてことのないように言うけれど、私にとっては死活問題だ。

護を産んでから体重が三キロも増加したまま戻らない。それどころか、三十代になってからは体形が崩れてきて、お腹についたお肉もなかなか落ちてくれない。

ふいに撮られた後ろ姿の写真を見たとき、戦慄したのは記憶に新しい。

「少しじゃないから困ってるんですよ……」

「そうか？　服を着てると分からない。帰ったら見せてみろ」

「なっ！　絶対に見せませんから……!!」

「そうムキになるな。冗談に決まってるだろ」

フンっと鼻で笑う桐生さんの横顔は、五年前と同じようにシュッとしている。

まるで五年の月日を感じさせない。あの頃と同じように桐生さんは輝いている。

「あのっ、ひとつ提案があります」

「なんだ？」

「マンションに住まわせてもらっている間、私が家事をします。炊事、洗濯、掃除は私にさせて下さい。他にもして欲しいことがあれば、遠慮なく言って下さい」

桐生さんは、一度言い出したことは絶対に曲げない人だ。

昨日の様子だと、絶対に私からお金を受け取ろうとはしないだろう。

だったらせめて、私にもできることをしたい。

プラカップのアイスコーヒーをストローですすりカップホルダーに戻すと、桐生さんは前方を向いたまま言った。

「俺は家政婦をさせたいが為に、莉緒を家に呼んだんじゃない」

「それはそうですけど、やっぱり何もしないで家に住まわせてもらうわけにはいきません」

「何もしていないわけではないだろう。お前は護の育児をするんだから」

マズい。このままでは桐生さんに言い負ける。

何か考えなくちゃ……。必死になって頭をフル回転させる。

——そうだ！

「ですが、毎日テイクアウトや出前では栄養が偏ります！　それは、護の成長の為に良くないことです」

「護の成長だって……？」

桐生さんの眉がぴくっと反応する。

「それと、寝る前のアイスクリームは虫歯の原因になります。公園のあとの炭酸ジュースも。この提案は護の為でもあるんです！」

桐生さんがわずかに怯んだ。畳みかけるなら今だ！

「掃除だって今までは桐生さん一人だったから頻繁にしなくてもよかったかもしれませんが、私たちが住めばそうはいきません。洗濯だってやらなかったら溜まる一方ですよね？」

「それはそうだが……」

「なので、家事は私に任せて下さい」

桐生さんはわずかに考えを巡らせたあと、「分かった」と呟いた。

「よかった……」

ホッとしたのも束の間、桐生さんは「だが」と付け加えた。

赤信号で車が止まったタイミングで、桐生さんがこちらを見た。

「料理だけでいい」

「……え？」

「俺は料理だけは苦手で手伝えそうにない。それ以外の家事は分担して、機械に頼れるところは頼ろう。掃除ロボットと全自動の洗濯乾燥機、それと食洗器はある。他にも使えそうな物があれば購入しよう」

「でも……」

言いよどんでいるうちに、信号が青に変わり、桐生さんは前に向き直る。

「家事が早く終われば、護と一緒にいてやれる時間が増えるだろう。母親と触れ合う時間が増えることは護の心の成長にも繋がるはずだ。違うか？」

「……ごもっともです」

私はその申し出を受け入れることにした。

「だけど、名もなき家事はたくさんありますしそれはきっちりやらせて頂きます」

「ああ。そういう細々した部分だけは頼む。なにかあれば言ってくれ。俺も協力する」

マンションまであと十分ほどという場所までさしかかったとき、ようやく長い渋滞を抜けた。

そのとき、「ママ……」護が目を覚ました。

「おはよう、護。桐生さんが護におやつ買ってくれたよ」

「わぁぁい!!」

嬉しそうに笑みを浮かべる護。

「お前は無邪気で本当に可愛いな」

桐生さんが、ルームミラーで後部座席の護に視線を向けて微笑んだ。

その優しい表情に私まで温かい気持ちになった。

週明けの月曜日。

桐生さんの車で護を保育園へ送ったあと、病院の裏口で降ろしてもらった。

護は車での登園がよほど楽しみだったのか、私が起こす前に起き、自分で保育園へ行く準備を始めたから驚きだ。

「ありがとうございました」

「じゃあ、また帰る時間に迎えに来る。駐車場で待ってるから」

「分かりました。いってきます」

頭を下げて職員用の入り口へ向かうと、背中に視線を感じた。

振り返ると、私が院内に入るのを見届ける為か、桐生さんがこちらを見つめていた。

目が合うと、ふっとわずかな笑みを浮かべる。

あの微笑みは、あの頃と全く変わっていない。

トクンっと鳴る心臓にそっと手を当てると、私は桐生さんにもう一度頭を下げて逃げるように扉を開けた。

「四〇五号室の潰瘍性大腸炎の小田《おだ》さんですが、昨晩から血便が続いている状態です。

主治医の池崎《いけざき》先生から、今後は痛みを抑えながら絶食で腸を休めて、ステロイドの点滴で症状の寛解を目指すとお話がありました。少し気持ちが不安定なので、注意深く見守って下さい」

夜勤者からの申し送りを受け、看護師長の朝礼と伝達事項を聞く。

そのあと自己摂取できない患者の朝食介助と内服薬の服用介助、口腔ケア、それからバイタルチェックや点滴交換など、めまぐるしいほど忙しい業務をこなす。

ようやく昼休憩になり、お弁当の入ったバッグを手に食堂へ向かう。

途中、違う科の看護師が忙しそうに私の横を通り過ぎて行った。

食堂へ着くと、運よく空いていた窓際の特等席に座り、お弁当を広げる。

中身は、甘辛く味付けした鶏ひき肉と炒り卵、ほうれん草の三色丼だ。

「今頃、桐生さんも食べてくれてるかな……」

今朝お弁当を作っていると、桐生さんが背後から覗き込んできた。

「いい匂いがすると思ったら弁当か。美味そうだな」

「桐生さん、お昼はいつもどうしているんですか?」

「大体外食だな。午後に依頼人が事務所に来るときは、近くのコンビニで買ってきて食べてる。ちなみに今日は午後一時から依頼人が来るんだ」

「それならお弁当作りましょうか？　一つも二つも同じなので」

「いいのか？　それは助かる。今日は仕事が捗りそうだ」

分かりやすく表情を明るくする桐生さんに、思わずくすっと笑う。

遠回しな言い方をせずに最初から「作って」と言ってくれれば作るのに。そういうところが桐生さんらしいといえばらしいけれど。

桐生さんのことを考えて口元を綻ばせたそのとき。

「……莉緒！　どうしよう……。あたし……」

私の前の席に美子が座った。

その顔は酷く青ざめている。

「どうしたの？　何かあった？」

「ホントごめん。あたしのせいで、良太先生が莉緒のこと血眼になって捜してるみたいなの」

「……え？　どういうこと？」

美子の言葉の意味が分からず、私は首を捻る。

良太とは別れたあの日以降一度も会っていないし、連絡もとっていない。

むろん、五年前に電話番号は変更しているし、教えてもいない。

「東山病院にあたしらと同じ看護学校出た子がいたじゃない？　その子とこないだ偶然会ったの。そこで莉緒の話になって、同じ病院で働いてることと子供を産んで一人で育ててるって話もしちゃって……」

焦っているせいか、早口で話す美子。

「それぐらい別に話したっていいよ。それがどうして良太に繋がるの？」

「その子が良太先生にその話をしたみたい。あの子がおしゃべりなのすっかり忘れてて……。それで……」

「それで……？」

美子がうな垂れる。

「良太先生が、その子は俺の子だって……。東山家の跡取りだって騒ぎ出したみたいなの……」

「跡取り……？」

絶句する。

今さら何を言ってるの……？

結婚まで考えていた私をあんな風に捨てておいて、護が自分の子だなんて。

そもそも良太は林さんと結婚したはず。彼女のお腹にも赤ちゃんがいるって話じゃなかった？

五年も経ってなにをバカなことを……。

腸が煮えくり返りそうになり、私はギュッと拳を固く握った。

「こうなったのは全部あたしのせいなの……。本当にごめん」

心底申し訳なさそうに、美子が目にうっすらと涙を浮かべる。

「違うよ、美子のせいじゃない」

「でも……」

私は美子を安心させようと微笑んだ。

「護は良太の子供じゃないから、東山家とはなんの関係もないよ。だから、大丈夫」

憔悴する美子を励ましながらも、心の中に不安が湧き上がってくる。

食べ終えたお弁当をランチバッグにしまう。その指先がほんのわずかに震えた。

良太……。今さらどういうつもり……？


午後の業務中も、美子からされた良太の話が度々頭を過ぎった。

どうして今さら良太が私を捜そうとするのかも、護を跡取りだと言い始めたのかも全く理解できない。

そもそも自分が林さんに乗り換えて一方的に私を捨てたくせに、今さらなんなのよと腹立たしくなる。

「ダメダメ。気持ちを切り替えなくちゃ」

自分に活を入れると、バイタルチェックをする為に、パソコンをのせたカートを押しながら病室を回る。データ入力を行ったり、入院患者の受付対応に追われ、いつの間にか頭の中から良太のことはすっかり消え失せていた。


「お疲れ様でした」

すべての業務が終わり、更衣室でスマホをチェックすると、桐生さんから事故渋滞で少し遅れるという連絡が入っていた。

慌てずに来て欲しいと伝え、職員用出入り口の扉の近くで桐生さんの到着を待っていると、背後からポンッと肩を叩かれた。

振り返るとそこにいたのはスーツ姿の男性だった。

「久しぶりだね、莉緒」

あまりの驚きに目を見開く。

「……りょ、良太……。どうしてここに……?」

「莉緒がここで仕事をしてるって聞いたんだ。今日は近くに用があったから、会いに来たんだよ」

「そうじゃなくて、なんで今さら私に会いに……？」

五年ぶりに会った良太は、別人のように痩せ細っていた。目の下はくぼみ、ずいぶんとやつれた印象を受ける。艶やかだった黒髪も、ところどころに白髪が交じっていた。

美子に話を聞いていた私は、警戒しながら良太の言葉を待った。

「なんでって、莉緒と復縁する為に決まってるだろ？」

当たり前のように言い放った良太に呆れて、顔が引きつる。

「……ねえ、自分がなに言ってるか分かってる？　あなたは私と結婚の約束までしておきながら、林さんと浮気して私を捨てた。なのに、今さら復縁……？」

「葵ちゃんとはもう別れた。あの女はとんだ嘘つき女でね。妊娠も嘘だったし、他に男までいた。僕はあの女にまんまとハメられたんだ」

良太は、林さんがどんなに酷い女かということをつらつらと話し始めた。

妊娠したと嘘をつき結婚の約束もして、両家との挨拶も終わったあとに林さんの浮気に気が付いた。

それを問い詰めて結婚破棄すると告げると、彼女は開き直り「妊娠なんてしてない。アンタとの結婚も金の為に決まってんでしょ！」と吐き捨てたという。

彼女の実家の稼業はすでに傾いていて、両親が資金繰りに困っていることを知り、彼女は外科医かつ院長候補である、将来有望な良太に狙いを定めたのだ。

「僕がバカだった。あんな若いだけの頭の空っぽな女を選んでしまうなんて。後悔してもしきれないよ。でも、あのことがあって気付けたんだ。莉緒がどんなに素敵な女性であるかということに」

顔が強張る。なんて自分勝手な思考なんだろう。

「私はあなたと復縁する気は一切ないから。こうやって突然会いに来られても迷惑なの」

「いや、莉緒は僕と復縁すべきだ」

「どうして？ 私とあなたとの関係は五年前に終わってるでしょ？」

「確かに僕たちの関係は終わった。だが、護くんのこととなったら話は別だ。あと少しで誕生日か。四歳になるんだね？」

「待って！ どうして名前を……それに誕生日まで……」

美子はそんなに詳しい話までしたんだろうか。それとも……。

「莉緒の身辺調査を調査会社に依頼したんだ。それで、護くんのことも……、僕は莉緒のことを全部知ってるよ」

「なっ……」

悪気なくさらりと言ってのける良太に、背筋が凍り付く。

「今二人が住んでるアパートも環境がいいとは言えないね。莉緒と護くんは大家のおばあちゃんともずいぶん仲良くしてるみたいだけど。所詮他人だよ。年寄りだからって気を許して深入りすると痛い目を見るよ。善人のふりをした悪人なんてたくさんいるんだしさ」

「大家さんを悪く言うのはやめて！」

シングルマザーで身寄りのない私は、アパートを借りるのにとても苦労した。何十件と不動産会社を回り、ようやく私と護を受け入れてくれたのが大家さんだった。

『なにかあったら私に言ってね。できることは協力するから』

事あるごとに私たちを気にかけ、庭で作った野菜をおすそ分けしてくれたり、本当によくしてもらっている。

護は大家さんを本当のおばあちゃんのように慕っているし、大家さんは護を孫のようにかわいがってくれる。

私たちにとって大家さんは恩人だ。その大家さんを侮辱されたら、黙ってなどいられない。

「さっきから勝手なことばっかり言わないで！　あなたと話すことはもうありませんから」

冷たく言って歩き出そうとすると、パシッと手首を掴まれた。

「離してよ！」

「護は僕の子なんだろう？」

「違う!!　あなたの子じゃない!!」

「いや、僕の子だよ。口元なんて昔の僕そのものだから」

——護は私と桐生さんの子供よ……!!　あなたの子供じゃない!!

「ふざけたこと言わないで!!」

手を振り払いながら叫ぶと、裏口から出てきた病院関係者が私と良太の不穏な空気に気付いて、コソコソと話し始めた。

それを察知した良太は「とにかく、あとでゆっくり話をしよう」と小声で囁く。

「これ以上話すことはないから。こうやって会いに来るのはやめて」

「また来るよ。それまで護のこと頼むね？」

全く話にならない。

良太は護が自分の子供と確信するように言うと、踵を返して駐車場の方へと歩いて行った。

「なんなのよ……」

美子の話は本当だった。

良太は護を自分の子だと決めつけ、私に復縁を迫ってきた。

また新たな問題に直面し、私は頭を抱えたのだった。


「きりゅーさん、みてみて!!」

桐生さんの運転する車でマンションに帰ると、護は保育園で作った工作を自慢げにお披露目する。

「おっ、今日もすごいの作ってきたな。ペットボトルの……これはなんだ？」

「てっぽー!!」

「……鉄砲か。あー……、なかなかリアルだな」

返答に困ってそう答えたあと、桐生さんは慌てて話題を変える。

「護は工作が好きなんだな？」

「うん！　だいすき！」

「そうか。これからもたくさん作って持って帰ってきてくれ。護コレクションが増えるのが今から楽しみだ」

「いいのぉ……？」

桐生さんの言葉に、護が驚いたように目を丸くする。

「いいに決まってるだろう。どうしてだ？」

「だって……」

護がキッチンに立つ私に、恐る恐る視線を向ける。

「うちのアパートって狭いので、毎日持って帰ってくると置き場所に困るんですよね。大きな工作物は特に……」

「ああ、なるほど。それなら問題ない。置き場所ならいくらでもある。なんなら護の工作置き場に部屋を借りてもいい」

「なっ、そ、それはダメです!!」

なんていう金銭感覚をしているんだろうか。弁護士の仕事ってそんなにお給料がいいんだろうか。

それとも以前極道をしていたときの貯金……？

持ち物だって私が見ても分かるくらい高級な物ばかりだし、このマンションやあの高級車を維持するだけだって大変なはずだ。

それでさらに部屋を借りる余力もあるなんて、一体どうなっているんだろう。

「ってママは言っているが、ここは俺の家だ。いくらでも作ってきていいぞ」

「やったぁ！」

嬉しそうな護の様子に、桐生さんまで頬を緩ませる。

でも、それ以上にだらしない顔をしているのは私だろう。

桐生さんの「ママ」発言に体が熱くなる。

真っ赤に火照る顔を見られないように、私は二人に背中を向ける。

「桐生さん、あんまり護を甘やかさないで下さいね」

「護のママはうるさいなぁ」

「ねぇー！」

「なっ！　護はママの味方でしょ？」

振り返ると、護と桐生さんはそろっていたずらな笑みを浮かべた。

國武組の取り立てと良太のこと。問題は山積みだ。

……本当はこんなこと思ってしまってはいけない。

早く桐生さんと離れなくちゃいけない。

それでも、三人でいる間だけは、今のように平和で幸せな時間に浸っていたいと思ってしまう私がいた。

＊＊＊

「どういうことだ……？」

二人が寝静まったあと、俺は書斎で悶々とした気持ちを抱えながら呟いた。

莉緒を病院の裏口まで迎えに行ったとき、莉緒は見知らぬ男と言葉を交わしていた。

病院の関係者だろうか。

大事な話をしているんだとしたら邪魔しては悪いと思い、かろうじて二人の姿が見える位置に車を停めて待機していた。

そのうち二人は言い争いを始めた。

俺は弾かれたように車を降り、二人の元へ足を向けた。

そのときだった。

『護は僕の子なんだろう？』

男の言葉が鼓膜を震わせ、その場に立ち止まる。

俺はすべてを悟った。

今、莉緒と言い争っている男が、彼女の元カレで護の父親なのだと。

今すぐ二人の前に飛び出して行って、莉緒をこっぴどく捨てたクソ男を殴ってやりたい衝動に駆られるも、それをぐっと抑える。

どんなに酷い奴だろうと、護の父親はこの男なのだ。

言い争う二人は興奮しているのか、俺の存在に気付かない。

なにがあったのかは知らないが、これでは盗み聞きだ。

踵を返そうとした瞬間、今度は莉緒が叫んだ。

『違う!!　あなたの子じゃない!!』

『いや、僕の子だよ。口元なんて昔の僕そのものだから』

『ふざけたこと言わないで!!』

莉緒は男を拒絶するように、男の手を振り払って叫んだ。

莉緒のその言葉はあまりにも衝撃的だった。

──なんだと。護がこの男の子供じゃない……？

だとしたらなぜ俺に、元カレの子だと嘘をついたんだ……？

どうしてそんな嘘をつく必要があった……？

男が莉緒になにかを告げて去って行く。

その後ろ姿を忌々しげに見つめて、ため息をついた莉緒。

俺は気持ちを落ち着かせてから、なに食わぬ顔で莉緒に近付いて行った。

『待たせて悪かったな』

『いえ、ありがとうございます』

声をかけると、さっきの険しい表情とは一転して、莉緒は俺に柔らかい笑みを浮かべた。

莉緒は一体なにを隠しているんだ……。

俺は思考を遮るように、デスクの上のスマホを手に取り耳に当てた。

呼び出し音が鳴る。その間すら待ちきれなくて、デスクを人差し指でトントンッと叩いた。

『もしもし、兄貴、俺っす。珍しいっすね、兄貴が電話かけてくるなんて』

居酒屋にでもいるんだろうか。松の背後からは騒々しい人の声がひっきりなしに聞こえる。

「ああ、莉緒のことでちょっと話があってな」

『姐さんっすか？　どうしました？』

俺は今日のことを松に話した。その途中で、松の背後から人の声が遠のき、風の音に変わる。

「お前、女とのそういうの得意だろ？」

『そういうのってなんすか？　ま、俺は確かに女の子にモテますけど。髪色をちょっと大人っぽいアッシュグレーにしたらさらにモテちゃってヤバいっす』

「俺はお前の自慢話を聞きたくて電話したんじゃないぞ」

電話口で松がへへっと笑った。

『分かってますって～、で、姐さんの話っすけど、まもるんは兄貴の子っすよ、多分』

「……それ、本気で言ってんのか？　もし冗談ならぶっ殺すぞ？」

松の言葉に、期待値はさらに跳ね上がる。

護は本当に俺の子なのか……？

『やめて下さいよ～！　物騒な。てか、その元カレにあなたの子じゃないって姐さん言ってたんっすよね？』

「言ってた。だが俺には元カレの子だと言っていたんだぞ。どうしてそんな嘘をつく必要がある？」

デスクの上の真っ白な紙にボールペンでグルグルと円を描く。

『うーん……』

松は考え込んだあと、明るい口調で言った。

『兄貴のことが嫌で咄嗟に元カレの子って言った、とか？』

持っていたボールペンがポロリと手のひらから零れ落ちる。

「……おい！」

『ははは っ、冗談っす。そもそも、兄貴が嫌なら一緒に暮らしたりしないでしょ。まあ、恋愛のプロの俺から見ると、五年前の姐さんは間違いなく兄貴に惚れてました。そんな姐さんが元カレと兄貴に二股をかけるとは考えられない。となると、答えは一つ』

「どうしても俺に隠さないといけない理由があるということか」

だとしたら、すべての辻褄が合う。

『俺はそう思いますけど。もしかしたら、姐さんのアパートに貼り紙をした人間が関係しているのかもしれないっすね』

「そうだな。少し探ってみる」

護が俺の子供かもしれないと考えただけで、胸の中に熱いものが込み上げてくる。

だが、もし違ったとしても俺は護と一緒にいたい。

莉緒と護と家族になることを、俺は強く望んでいた。

『そういえば、最近若頭が不穏な動きをしています』

さっきまでとは一転し、松が改まった声で言った。

「桜夜が？」

思わず険しい表情になる。

『はい。他の組の連中とつるんでなにかを企んでいるみたいなんです』

龍王組は今や都内一と言っていい勢力を誇っている。

それは組長である龍王武蔵の手腕にある。

組長はなによりも規律を重んじる人物で、カタギの人間に手を出すことを一切禁じていた。

そして、組を裏切る人間は容赦なく叩き潰した。

『暴力や恫喝でシノギ増やすのは簡単だ。だが、それは賢いやり方とは言えねぇ。今は、頭を使って稼ぐ時代だ』

その辺りでヤンチャしているごろつきには見向きもせず、大卒のスペックのいい人間をスカウトしてきてはフロント企業の頭にした。

今では建設会社や不動産産業、リース会社や人材派遣業など組関連の企業は多岐にわたる。

善人ぶっているがヤクザよりも質の悪い人間から、金を巻き上げることを得意としていた。

だが、組を大きくすればいいという話でもない。

統制力のある組長でも、愛人の息子の山岸桜夜には手を焼き、いまだに手綱を握れていないようだ。

俺より一つ年下の桜夜は、昔から血の気の多い粗暴な性格だった。少年院を出たあとも学校には行かず、毎日のように街に繰り出しては喧嘩をして歩いた。天性の腕っぷしの強さと一九〇センチ近い体格のおかげで、格上と思われた相手との喧嘩もほぼ無敗。相手を何度病院送りにしたか分からない。『龍王組の金髪の坊主は危険だ』という噂は広がり、繁華街で桜夜に楯突く人間は誰もいない。

組長が俺を若頭にしたときから、俺は桜夜に恨まれていた。

血縁関係のない俺が自分よりも早く昇格し、若頭の地位に就いたことが許せなかったんだろう。

組長にしつこく自分を若頭の座に就けろと直談判したと、風の噂で聞いた。

『桜夜さんが若頭になってから、組のまとまりがなくなっています。それに、あの人はカタギの人間にも容赦なく手を出してますからね。そのせいで地域の治安も悪化してます』

「なるほど……」

グルグルと円の描かれた紙を裏返して、再びペンを握る。

『俺が一番心配なのは兄貴っす。いくら兄貴がカタギになったからってあの桜夜さんが黙ってるはずないと思わないですか？　静かすぎて怖いぐらいですよ』

「そうだな。アイツは俺を恨んでるからな……」

俺は頭の中で考えを巡らせた。

『姐さんの件、桜夜さんが噛んでるなんてこと、ありませんよね？』

「……まだ分からない。だが、どちらにしても桜夜をこのまま好き勝手させておくわけにはいかない」

スマホを持つ手に、自然と力がこもった。

『確かにそうっすけど、兄貴は弁護士なんっすから、下手なことしたら弁護士資格剝奪されますよ!?』

「分かってる。その代わり、お前に協力して欲しいことがある」

『……兄貴って言い出したら絶対折れないっすもんね。ま、俺は兄貴のそういう筋の通ってるとこ好きっすけど。ただ、無理はしないで下さいよ』

一見すると口調もアホだし頭の中が空っぽに受け取られる松だが、昔から頭の回転が速く機転が利く。

俺が組にいる間、優秀な松にどれだけ助けられたか分からない。

紙に簡単な相関図を書き入れて、関係を頭の中で整理した。

「桜夜の交友関係を至急探ってくれ。それから――」

俺は松に指示を送る。

『任されたっす!!』

電話を切ると、俺はパソコンを開いて、莉緒のアパートに貼り付けられていた紙の写真を食い入るように見つめた。

俺が必ず解決する。

莉緒と護のことは必ず俺が守ると、固く心に誓った。

# 第六章　暴かれた秘密

「姐さん‼　久しぶりっす～！」

週末の十五時過ぎ、マンションにやってきた松ちゃんは玄関先で私にガバッと抱き付いた。

「ちょっ……えっ⁉」

「この野郎。なにやってんだよ！　さっさと莉緒から離れろ！」

桐生さんによって私から引きはがされたのに、松ちゃんは全くめげない。

「会いたかったっすよー！」

再び私に抱き付こうとした松ちゃんの腕を掴み、桐生さんが制止する。

ギロリと鋭い目で睨み付けられて、あからさまに肩を落とす松ちゃんが可笑しくて私はクスクスと笑った。

「松ちゃん、久しぶり。全然キャラ変わってなくて、なんか嬉しい！」

全員が広いリビングに集まる。松ちゃんは両手いっぱいにジュースやお菓子を持って来てくれ、私にも差し出しながらニッと笑った。

「姐さんは大人になっちゃいましたね。すっかりママさんだ！」

松ちゃんはニコニコしながら言うと、足元にしがみついている男の子の背中を優しく押した。

「ほらっ、一誠。挨拶しろよ」

「こんにちは」

「一誠くん、こんにちは。今日は護とたくさん遊んでね」

「うん」

松ちゃんの妹さんの子供だと聞かされていたけど、くりっとした大きな目が松ちゃんそっくりだ。

将来はとんでもないイケメンに成長しそうな予感がする。

しかも、なんだかとっても落ち着いている。

松ちゃんとは正反対のクール男子か……。うん、なかなかいい。

「いっせーくんあそぼ」

「なにする？」

「護、仲良くするのよ？」

初対面のはずの護と一誠くんは、慣れた様子でリビングを飛び出して行った。

「一誠とまもるん、すっかり仲良しっすね！」

「え……？　まもるん？」

松ちゃんの言葉に首を傾げる。

「……松、お前黙ってろ」

「あー、やべ」

桐生さんに睨まれて、やってしまったというようにペロッと舌を出す松ちゃん。

五年前に戻ったみたいで嬉しくなる。

「てか、突然夕飯ご馳走になりに来ちゃってすんません」

リビングのソファに腰かけてくつろぎ始める松ちゃん。

「全然！　大した物作れないけど、松ちゃんが私の手料理食べたいって言ってるって桐生さんから聞いて、嬉しかったから」

「だって姐さんが作る料理、どれも絶品っすから」

「ありがとう。でも、食材がないから近くのスーパーで買い物してくるね。なにか食べたい物ある？　それと、一誠くんのアレルギーの有無も教えて欲しいな」

すると、松ちゃんが弾かれたようにソファから立ち上がった。

「さすが姐さん！　抜かりねぇ！　じゃあ、一緒に買い物行きましょう！　俺、車だすんで」

「えっ、二人で……？」

松ちゃんの提案にほんの少しだけ躊躇する。

お互い特にこれといった感情はないけど、なんとなく車の中で密室になるのは……。

私は昔からこういう変に真面目なところがある。

「だって、姐さん一人じゃ荷物持つの大変だし、姐さんと兄貴で行くと俺家の中のこととか分かんなくて大変だし、全員で行くとなるとめんどくないっすか？」

「それはそうだけど……」

「じゃあ、消去法で俺と姐さんっすよ！　ねっ、兄貴!!」

私の隣に立っている桐生さんにチラリと目を向ける。

すると、松ちゃんの言葉に桐生さんが頷いた。

「子供たちは俺が見てるから松と買い物行ってこい」

「え!?」

意外だった。

桐生さんのことだし絶対に止めると思ったのに。

「ほらっ、兄貴もそう言ってることだし。姐さん、行きましょ！」

「う、うん……」

立ち上がり、エコバッグを用意してから護が遊ぶ部屋へ行く。

私と護の寝室で二人はブロックで遊んでいた。床のラグマットの上にちょこんと正座で座り、それぞれ真剣な眼差しで動物のような物を作っていた。

「護、ママちょっとお買い物してくるね。一誠くんと桐生さんとお留守番しててくれる？」

「うん！　いってらっしゃい」

護は小さく私に手を振ると、再びブロックの方へ向き直る。

「ねえねえ、いっせーくん、みて！」

「すごい！」

よかったね、護。いいお友達ができて。

キャッキャと楽しそうに遊ぶ護に、私は心の中で呟いた。

「姐さん、乗って下さい！　兄貴に怒られないように安全運転で行きますから！」

松ちゃんの黒い乗用車の助手席に乗り込むと、車はゆっくりと動き出した。

マンションの駐車場から出て、大通りを目指す。

「なんか一誠くんって、護と同い年とは思えないぐらい落ち着いてるね」

甘い芳香剤の匂いが漂う車内。私が話し出すと、松ちゃんはオーディオのボリュームを下げた。

「いや、アイツできる男ぶってますけど、こないだなんて保育園にパジャマ着て行きましたからね」

「パジャマ?」

「パジャマの上から用意されてた服着てったんすよ。実はとんでもなくすっとぼけてますから」

「すっとぼけてるって、言い方よ……!」

大通りに出たとき、信号機のない横断歩道を小学生ほどの女の子が渡ろうとしていた。

松ちゃんはすぐにそれに気付き、優しくブレーキを踏んで一時停止すると、女の子を渡らせた。

小走りで横断歩道を渡りながら運転手の松ちゃんに頭を下げる女の子に、松ちゃんは愛想よく笑いながら軽く手を上げた。

スーパーに着くまでの車中、松ちゃんと私は子育て話に花を咲かせた。

「でも、松ちゃん偉いね。甥っ子の面倒見てあげるなんて」

運転席と助手席の間にあるセンターコンソールには、一誠くんが飲んだと思われる空のジュースのペットボトルが置かれている。後部座席にはチャイルドシートも積んである。松ちゃんが一誠くんのことを息子のように可愛がっているのが、手に取るように分かった。

「俺、子供といるのあんま苦にならない性格なんっすよね。ま、俺が子供っぽいってのもありますけど。ていうのは置いといて、姐さんは兄貴のことどう思ってんすか?」

「これまた唐突に聞くね……」

松ちゃんの切り替えの早さに苦笑いを浮かべる。

カチカチというウインカーの音。ハンドルが右に切られ、車は緩やかに曲がる。

「俺的には兄貴と姐さんが一緒になってくれたら嬉しいっす。だって兄貴、姐さんの為に組抜けたんっすから。若頭までいって次期組長と目されていながら辞めるって、普通じゃ考えられないっすよ!」

「そうなんだね……」

視線がユラユラと揺れた。桐生さんはたくさんのものを失う覚悟で組を抜けた。

『お前とのこと、ちゃんとする。だから、俺を信じて待っていてくれ』

あの日の言葉を桐生さんは守ってくれた。それなのに、私は……。

複雑な感情がもつれ合い、俯いてキュッと唇を噛みしめる。

「兄貴はそれだけ姐さんに本気ってことっす。それだけは分かってあげて下さい」

「うん」

赤信号になり車が停止する。松ちゃんはそれだけ言うと、チラリとルームミラーに目を向けた。

途端、眉間に皺を寄せて、なぜか表情を硬くする。

「どうしたの？　煽られた？」

「あー……、みたいっすね。でも、法定速度で走んないと兄貴にどやされますから。しゃーねーっすわ」

いつものように微笑んでいるのに、松ちゃんの目は笑っていない。

それからすぐ、スーパーの駐車場に到着した。

不思議なことに、松ちゃんは店から一番離れた場所に車を停めた。

「松ちゃん、ここ遠くない？　荷物運ぶの大変じゃ……」

「姐さん、いいですか？　絶対に車から出て来ないと約束して下さい」

シートベルトを外した松ちゃんは、真剣な表情で言った。

「え……?」

「ずっと黒い車につけられてました。ちょっと話してくるんで」

松ちゃんが運転席のドアを開けると同時に、すぐそばにフルスモークの黒い乗用車が停まった。

「え……松ちゃん、待って! 危ないよ!! 桐生さん呼ぼう……!」

「――兄貴はもうカタギっす。すぐ終わるんで、待ってて下さい」

そうだ……。桐生さんはもう組の人間じゃない。

松ちゃんは車から降りると、乗用車に歩み寄る。

中から現れた三人の男が松ちゃんを取り囲んだ。

その中の一人と目が合う。それは、國武組の川島だった。

「どうして……」

今までこうやって車で追いかけて来たことなど一度もない。

私と連絡もとれず、さらにはアパートにいない。借金の催促ができなかったから強硬手段に出たんだろうか。

手が震える。

どうしよう……。私のことに松ちゃんが巻き込まれてしまう。

「お前ら、なんの用？」

「あなた、龍王組の本部長ですね。確か……松田さんでしたっけ。用があるのはあの女……初音莉緒さんです。彼女を渡してもらえれば、我々は大人しく帰りますよ」

「お前ら國武組の連中か……？　彼女はお前らには渡さない。話なら俺が聞く。さっさと言え」

「あなたに話す義理はありませんから」

冷ややかな笑みを浮かべると、川島はクイッと顎で横にいた強面の男に指図した。

「テメェ、なに上から目線でモノ言ってくれてんじゃこら!!」

チンピラのような風貌の男が肩を揺らして松ちゃんの元へ歩み寄り、服の首元を掴んだ。

「その汚ねぇ手を今すぐ離せ」

「んだと、こら!!」

松ちゃんは龍王組の本部長だ。國武組の人間と揉めれば、組同士を巻き込んだ大騒ぎになってしまう。

「……やめて!!　松ちゃんを離して!!　狙いは私でしょ!?」

車から飛び降りて駆け寄ると、松ちゃんが慌てたように男の手を振り払った。

「姐さん！　危ないから車に戻って下さい‼」

松ちゃんが男たちと私の間に立ちふさがる。

「それはできないよ。私の問題に松ちゃんを巻き込むわけにはいかないから……。あなたたちは私に話があるんでしょう？　だったら、松ちゃんには手を出さないで下さい‼」

私が叫ぶと、川島がフンっと鼻で笑い、口元を歪ませた。

「あなたが彼を庇うのは、桐生尊の元舎弟だからですか？」

「それは……」

「あなたはいつもそうだ。桐生尊のことばかり考えている」

私が言いよどむと川島は、「図星のようですね」と目を吊り上げた。

「偉そうなこと言うのは、耳揃えてきっちり金を返してからにしてもらえますか？　このクソアマが」

川島が吐き捨てるように言った瞬間、松ちゃんが「は？」と呟いた。

「松ちゃん……？」

今まで見たことがないぐらい、恐ろしい表情を浮かべた松ちゃんの横顔に息をのむ。

「誰に向かってクソアマなんて言ってんだ？」

松ちゃんが殺気立った目で睨み付けると、川島は挑発的に笑った。

「初音さんのことに決まってるでしょ。あなたのとこの元若頭は、こんな借金まみれの女のどこがよかったんでしょうね？」

「兄貴と姐さんを侮辱する奴は許さねぇ」

戦闘態勢に入った松ちゃんに気付き、川島が背後にいた組員に指で合図をした。

松ちゃんはその言葉と同時に、國武組の男たちに殴りかかった。

あっという間に川島の周りにいた二人を叩きのめし、残るは川島ただ一人になった。

けれど、川島に焦る様子は見られない。それどころか、挑発的に口角を吊り上げて笑った。

「あなた、國武組に喧嘩を売りましたね？　ここは龍王のシマでもないでしょう。この落とし前はつけてもらいますよ？」

「喧嘩売ってきたのはお前が先だ。それに、俺はこのまま國武と戦争になっても構わない」

「バカな男だ。あなたはなにも分かっていない」

「ふっ、バカはどっちだろうな？」

冷めた目で川島を見下ろしながら、松ちゃんが笑った。

すると、次の瞬間、目にも止まらぬ速さで松ちゃんは拳を振るった。頬に一撃を食らった川島はなんとか両足を踏ん張り耐える。けれど、ガクンッと川島の膝が折れ、その場に座り込んだ。

「早く立てよ」

松ちゃんは低い声で言うと、歯を食いしばってなんとか立ち上がった川島に、容赦ない攻撃を加える。

初めて見た松ちゃんの裏の顔。

いや、もしかしたらこれが表の顔なのかもしれない。

松ちゃんが胸の前で拳を構える。格闘技経験者なのか動きにはキレがあった。

川島は松ちゃんの拳を何度となく食らい、反撃の機会もなくその場に仰向けに倒れた。

「今度はもっと骨のある奴連れて来いや。いつでも相手してやる」

顔を真っ赤に腫れあがらせた川島は、気を失っているのかピクリとも動かない。

「——姐さん!!」

すると、松ちゃんが振り返り私の顔を覗き込んだ。

その顔から殺気は消え、いつもと同じお調子者の松ちゃんに戻っていた。

「大丈夫っすか？　つーか、車から降りないように言ったじゃないっすか！」

「ごめん、でも松ちゃんを助けなきゃって思ったら体が勝手に……」

「全く！　姐さんは怖いもの知らずすぎますって」

「だってしょうがないじゃない。松ちゃんになにかあったらって思ったら私……。松ちゃん、大丈夫？　ケガしてない？」

「見ての通り一発も食らってねぇし、ピンピンしてます。アイツら、弱すぎて驚きっすね。暴れ足りなかったっす」

　ははははっと明るく笑い飛ばす松ちゃん。

「ごめん、松ちゃん……。松ちゃんを私のことに巻き込んじゃって……」

「車に戻ったら話聞きますよ。ひとまず、ここから離れましょう」

　松ちゃんに促され、私は再び車に乗り込んだ。

　スーパーの駐車場を離れ、そこから少し距離のある場所まで移動すると、松ちゃんは車を停めた。

「……なるほど。あの貼り紙もアイツらの仕業だったんすね」

「うん……」

松ちゃんに私と國武組の繋がりを知られてしまった以上、もう隠しておくことは不可能だった。

「百万を完済後にまたアイツが現れて、叔父さんがつくった借金五百万を肩代わりしろと言ってきたってことっすね?」

松ちゃんの拳には男たちの血がべったりとくっついていた。ウェットティッシュを渡すと、松ちゃんは乾き始めていた血痕をゴシゴシと拭った。

「そう。前に住んでたアパートにも来たことがあったの。そのとき、五百万をチャラにする代わりに桐生さんを売れって言われて……」

「それができなくて姐さんは姿をくらました。そういう理由があったのか……」

松ちゃんは納得したように頷く。

「話は分かりました。ただ、このこと兄貴には……」

「言わないで!」

私は松ちゃんに頼み込んだ。

「桐生さんを巻き込みたくないの」

懇願すると、松ちゃんの表情が陰った。

「でも、じきに兄貴の耳にもこの話は伝わると思います」

「どういうこと……？」

松ちゃんは、汚れたウェットティッシュを後部座席のゴミ箱に放り投げた。そして、シートに背中を預けて腕組みし、真っすぐ前を見据えた。

「さっき言ったでしょ？　國武組と本格抗争っすよ」

覚悟を決めたかのような真剣な松ちゃんの言葉に、私は青ざめた。

自然と体が震えて、呼吸が浅くなる。

「どうしよう。全部私のせいだ……」

そう漏らすと、松ちゃんがハッとしたように私を見た。

「違いますよ、姐さん。これは意味のある争いっす。俺も兄貴も、不毛な戦いはしない主義なので」

「松ちゃんの言葉の意味が分からないよ……」

「とにかく、こうなった以上やるしかないっす。ちょっと予定より早まったけど、いつかはこうなる運命だったんで。姐さん、飯はまた今度の機会にお願いします！」

松ちゃんは車をUターンさせて、マンションを目指して走り出した。

＊＊＊

俺は、集中して遊んでいる護と一誠に少し休もうと声をかけた。二人をリビングの椅子に座らせて、冷やしておいたオレンジジュースをグラスに注ぐ。

「きりゅーさん、ありがと！」

にっこりと笑って喉を鳴らしてジュースを飲む護の隣で、一誠がいぶかしげな表情を浮かべている。

「きりゅー……さん？」

俺と護に交互に視線を向ける一誠。

「そうだよ、きりゅーさん」

「パパじゃないの？」

一誠に問われてポカンッとした表情の護は、俺をジッと見つめる。

「……きりゅーさん……パパ？」

「え？」

「パパ、なの？」

不思議そうに首を傾げて尋ねる護に、胸の奥底からマグマのような感動が湧き上がってくる。

「な、なんだって？　もう一度言ってくれないか？」

本当は聞こえていたのに、催促すると護は「パパなのぉ？」と再び可愛い声で聞く。

残念ながら俺は護のパパではない。

でも、パパではないという否定だけは意地でもしたくなかった。

「どうだろうなぁ。ちなみに、護はパパが欲しいのか？」

曖昧にかわしながら、護の本心を聞き出そうとする。

「わかんない」

「……そうか。そうだよな、分からないよな」

莉緒と護が望んでくれるなら、俺はいつだって護の父親になる覚悟はある。

血の繋がりなどなくても護を愛せると思えるようになったのは、その母親が莉緒だからだ。

莉緒の子供ならば無条件に愛することができる。

俺はそれほどまでに莉緒のことを心の底から愛している。

「そういえば、護はもうすぐ四歳だろう。誕生日プレゼントはなにがいい？」

「ぷれぜんと？　うーん……」

考え込む護の隣で、喉を鳴らしてジュースを飲む一誠に問いかける。

「一誠も先月誕生日だったんだって？　なにもらったんだ？」

「べると！　ひーろーになれるやつ」

「なるほど」

松に莉緒を少しだけ連れ出してくれと頼んだのはこの為だ。

もうすぐ訪れる、護の誕生日。

俺からもなにかをプレゼントしたかったが、莉緒に直接尋ねれば遠慮して言わないだろう。

だったら莉緒のいない間に、直接護から聞き出そうと考えたのだった。

子供の頃から誕生日を祝ってもらったことなどないし、これといってイベント事を意識したこともない。

だが、誕生日は特別なものだということは分かる。

それに気付けたのは、莉緒のおかげだ。五年前、ハロウィンの日に飾りつけられた食事を振る舞ってもらったとき、口には出さなかったが嬉しかった。

あの日は雨風も強く、寒い日だった。玄関先には濡れたレインブーツと骨の折れた傘が置かれていた。

『桐生さんに喜んで欲しかったからです』

俺になんの見返りも求めず、そう言って微笑んでくれた莉緒の顔が今も忘れられない。

正直、自分の誕生日などどうでもいいが、愛する莉緒や護の誕生日は全力で祝ってやりたい。もしもそれで喜んでくれるなら、俺にとって本望だ。

「ぷれぜんとまだわかんない」

「そうか。じゃあ、まだ時間もあるし、決まったらママにはナイショでこっそり教えてくれ」

「うん！」

護が笑顔で頷いたとき、玄関の扉が開いた。


「おかえりママ！」

ダイニングの椅子から下りると、リビングに入ってきた莉緒に飛びつく護。

「ただいま、護。いい子にしてた？」

笑顔で護を抱きしめる莉緒。でも、なぜかその顔は強張っている。

しかも、買い物に行ったはずの二人の手には買い物袋がない。

「松、なにがあった？」

「なにもないっすよ～！　ちょっと急用ができちゃったんで、今日は一誠連れて帰ります！　ほらっ、一誠帰んぞ～」

「もっとあそびたかったのに……」

一誠が渋々立ち上がり、帰り支度を始める。

松が嘘をついているのだけは分かった。

ここを出たあとになにかが起こり、それを莉緒に口止めされているに違いない。

すると、護が急にモジモジとし始めて声を上げた。

「おしっこ～！」

「う、うん。分かった、行こう」

莉緒が慌てた様子で護の手を取る。

「姐さん、また来ますね～！　まもるん、またなー！」

莉緒と護がトイレへ向かった隙に、一誠を抱き上げて玄関先に向かった松を追いかける。

「おい、なにがあったんだ」

「國武の奴らが接触してきました。今から、組に報告に行きます。それとこれ、例のものが入っています」

差し出されたUSBを受け取り、ポケットにしまう。

「助かった。あとは頼んだぞ、松」

ずっと松のことを自分の弟のように思っていた。

だが、いつの間にか松はすっかり独り立ちし、今ではこんなにも頼もしい男になった。

トイレから戻ってきた二人に、松と一誠が帰ったことを告げる。

「……莉緒、大丈夫か？」

顔面蒼白で、明らかに落ち着かない様子の莉緒が心配になる。

「はい……。大丈夫です」

護にもそれが伝わっているのか、莉緒にギュッと抱き付いて不安そうな表情を浮かべていた。

早くなんとかしてやりたいと思っても、もう俺は極道から足を洗ったカタギの身だ。

無理に聞き出すことはせず、出前を取るから少し休むように莉緒に伝えた。

そのあとも、莉緒は気丈に振る舞っていたが、無理をしているのは明白だった。

胸を切り裂かれそうな歯がゆさを抱えていると、夜遅く一本の電話がかかってきた。

莉緒に聞かれぬように、書斎に入り扉を閉める。

「もしもし、桐生だ」

『久しぶり。元気だったか？』

電話の相手はもう五年も連絡を取っていなかった、現若頭の山岸桜夜だった。

「ああ。噂を耳に挟んだが、お前の方はずいぶんヤンチャしてるらしいな」

『まぁな。アンタが組から去ってくれたおかげで、シノギもやりやすくなって助かってるよ』

桜夜はくっくっくっと喉を鳴らして笑った。

「お前と世間話をするつもりはない。さっさと本題を言え」

『今日、松が國武の奴らと揉めたんだ。あっちは松が一方的に手を出してきたと怒っていてな』

「それで？」

『あっちの話だと、こうなったそもそもの原因は、松が連れてた女だって言うんだよ。アンタもよく知ってる女だろ？　初音莉緒だ』

俺の反応を楽しむような桜夜に、ぐっと奥歯を噛みしめる。

『あの女は叔父の連帯保証人になっていた。國武に五年前から五百万の借金をしていたのに、夜逃げ同然に飛んだらしい。そして、ようやくあの女を見つけて取り立てに行ったところを、松に返り討ちにあった。さすがにあっちのシノギを潰す真似したら、國武だって怒るだろう』

五年前から莉緒は國武の取り立てにあっていた……？

ぼんやりとながら、莉緒と國武を結ぶ接点が浮かび上がってくる。

「俺にどうしろと？」

『明日の午後三時に、女の住んでいたアパートに本人を連れて行って國武に渡せ。そのあとはその女に一切関わるな。今回はそれで手を打つという話になってる』

「アパートだと？　人目につく場所で交渉するように伝えろ」

『國武がそう言っているんだから仕方がないだろう。だったらあっちの組事務所に女を連れて行くか？　それならそれで話が早い』

「なぜ國武は彼女にこだわる。たった五百万を回収する為に、そこまでのことをする必要があるとは思えない」

『そんなこと俺に聞くな。今、女がアンタのマンションにいることは分かってる。これはアンタと女だけの問題じゃない。若頭だったアンタならよく分かるだろう？』

「……できないと言ったら？」

俺の言葉に電話口の桜夜はフッと笑った。

『バカ言うな。女を差し出すなど簡単なことだろう？　もしも國武の要求をのまなければ、龍王と國武の戦争に発展する。そうなったら、血縁でもないお前をよくしてくれた組長の顔にも泥を塗ることになるからな』

桜夜は続けざまに言った。

『それに、もしもアンタがあの女を國武に差し出さないというなら、俺が力ずくで女を國武に渡す。たとえ荒業になったとしても、だ』

桜夜ならばやりかねない。

今までもそうだ。カタギの人間に手を出し、そのたびにたくさんの血が流れた。

「……お前が俺を恨んでいる気持ちは分かる。だが、俺はもうカタギの人間だ。もちろん彼女だってそうだ。龍王は、カタギの人間には手を出さないというしきたりがあるだろう？」

眼鏡を外して目をつぶると、俺はこめかみを指で押さえた。

『そんなのは俺が決めたことじゃない。俺は次期組長だ。今の龍王のやり方は甘すぎる。もっと違う方法でシノギを拡大していくべきだ。その為にはカタギに手を出す必要だってある。なにをどうするかは俺がすべて決める』

電話口から届いた女の甘ったるい笑い声が、鼓膜を震わせる。

「そんな危険な思考の奴が組のトップに立つ……？　そんなの許されるわけがないだろう」

『ふんっ、組を辞めた人間が今さらなにを言っているんだ？　とにかく、明日あの女を國武に引き渡すんだ。いいな？』

返事をする前に、電話は一方的に切られた。

以前から桜夜の行動は目に余るものがあったが、若頭になった今、権力を持ったばかりにさらに傍若無人になってしまった。

けれど、莉緒が抱えている問題が浮き彫りになった。

ぼんやりしていた点と点が繋がり、ハッキリとした線になる。

時計の針はすでに日付を跨ごうとしていた。

再び眼鏡をかけ、書斎を出た。明かりのついているリビングに入ると、莉緒がダイニングテーブルの椅子に座り、両手で顔を覆っていた。

「まだ起きてたのか」

「……っ、ごめんなさい。もう寝ているのかと思って……」

声をかけると、莉緒は驚いたように頬に伝う涙を必死になって拭った。

どれだけ泣いていたんだろう。目が真っ赤に充血して腫れていた。

俺はそっと椅子を引き、莉緒の隣に座った。

「実はさっき感動するって有名な映画を見てたせいで、涙腺がおかしくなっちゃったんです……、それで……」

必死に誤魔化そうとする莉緒の手を掴むと、莉緒は驚いたように顔を上げた。

「莉緒、聞いてくれ。もう隠す必要はないんだ」

「え……？」

「全部分かった。お前が俺の前から姿を消した理由も、すべてなにもかも」

俺の言葉に、莉緒は困惑したように視線を左右に揺らす。

「五年前、莉緒の叔父がした五百万の借金を、國武組が莉緒のアパートまで取り立てに来た、そうだな？」

「どうしてそれを……」

莉緒は目を見開く。

「そのとき、國武の人間になにかを吹き込まれたんだろ？　だから、莉緒は俺になにも言わずに姿を消した」

俺の言葉に莉緒の顔がみるみるうちに歪み、目からポロポロと大粒の涙が溢れた。

「ごめんなさい……っ……」

「どうして謝るんだ？」

「あのときは……そうするしかなかったんです……」

俺から逃げたことに罪悪感を抱いていたこと、そのあと再会したあとも申し訳なさでいっぱいだったと莉緒は苦しそうに話してくれた。

「私のせいで色々な人を巻き込んでしまっています。今日だって……松ちゃんが……」

莉緒はスーパーの駐車場で起きた出来事を話してくれた。

「松なら問題ない。アイツはああ見えて頭も切れるし、感情的になっていたとしても短絡的なことは絶対にしない」

「でも……」

「大丈夫だ」

俺は莉緒の腕を掴んで引っ張ると、ギュッと小さな体を抱きしめた。

五年ぶりに俺の腕の中に莉緒がいる。

そう思うだけでたまらず愛おしい気持ちになる。

「ずっと一人で抱え込んでいて辛かったな？　だが、もう大丈夫だ。お前には俺がついてる」

「でも、もうこれ以上迷惑はかけられません……」

「いや、これはもうアイツらと莉緒だけの問題じゃない」

「え……？」

「俺から五年間も莉緒を奪ったんだ。アイツらの罪は重い。到底許せるはずがない」

「桐生さん……」

「莉緒を食い物にしようとしやがったアイツらを絶対に許さない。俺が必ず落とし前をつけさせる」

奥歯を噛みしめると、俺は決意した。

「心配するな。俺が必ず莉緒を守る」

莉緒がだらりと下げていた腕を、俺の背中に回す。

この問題が解決したら、もう一度莉緒に気持ちを伝えよう。

――お前を愛している、と。

# 第七章　結ばれたふたり

「護、いい子にね」

「はぁい！　おじゃましまーす」

美子の家に、笑顔で手を振り入って行く護の後ろ姿を見送る。

「美子、急でごめんね」

「いいのいいの！　まーくんと遊べるって亜希も喜んでるし！　いつでも言ってよ！」

翌日の午後、私は親友の美子の家に護を預けに行った。

「それより、なんかあったんじゃないの？　目腫れてるけど大丈夫？」

「うん……。ごめんね、迷惑かけて」

「迷惑なんかじゃないよ！　いつでも頼ってくれて構わないって、前にも言ったでしょ？」

「ありがとう、美子」

「今は無理には聞かないけど、もし話せる日がきたらちゃんと話してね？」

「うん」

私は美子に手を振ると、少し離れた場所で待っていた桐生さんの車に乗り込んだ。

「護、大丈夫だったか？」

「……はい」

「それならよかった。できる限り早く迎えに行ってあげよう」

桐生さんはそう言うと、アパートに向かって車を走らせる。

昨日、私と國武組との関係を桐生さんが知ることになった。

松ちゃんが話したのか、それとも違うルートから聞いたのかは分からない。

それでも、五年前になにが起こったのかを、すべて知っているかのような口ぶりだった。

『俺が必ず莉緒を守る』

桐生さんにそう言ってもらえると、頼もしく、なにより嬉しかった。それでもやっぱり、桐生さんを巻き込んでしまっているという負い目を感じる。午後三時、私の住んでいたアパートに國武組の人間が現れるとだけ聞かされた。

どうしよう。もしも桐生さんになにかあれば私は……。

「心配するな」

信号待ちになり車が停まると、桐生さんは不安で押しつぶされそうになる私を安心させるように優しく頭を撫でた。

「お前には指一本触れさせない。約束する」

「桐生さん……」

心強いその言葉に励まされながら、アパートに入る。

心臓がドクンドクンッと不快な音を立てて鳴り始めて、緊張感が高まる。

そして、約束の時間になると、玄関のチャイムが鳴った。

「……来た」

震えながら玄関に向かおうとすると、桐生さんに制止される。

「俺が先に出る。莉緒は俺の後ろにいろ」

玄関扉を開けると、そこにいたのは國武組の川島だった。

川島は桐生さんを鋭く睨むと、断りもなく土足のままアパートの中に上がり込んだ。

その顔は赤く腫れあがり、瞼は紫色に変色していた。切れた唇が、見るからに痛々しい。

川島はぐるりと部屋の中を見回した。

そして、桐生さんの後ろにいる私の存在を確認すると、薄ら笑いを浮かべた。

「さすが龍王組の元若頭、話が早くて助かります。早速ですが、初音さんを渡してもらいます」

そう言って私の方へ差し出した川島の手を、桐生さんは冷たく払いのけた。

「汚い手で彼女に触れるな」

叩き落とされた自分の手を確認したあと、川島は桐生さんを睨んだ。

「……やっぱり、期待外れのバカな男なんですね。龍王組の若頭という地位を捨ててまで、こんな女に入れ込むなんて。そんな価値がこの女にあると、本気で思ってます？」

バカにしたように鼻で笑う川島。

桐生さんはふぅと一度息を吐いた。

「俺のことはなんとでも好きに言え。だが、彼女のことを侮辱したら許さない」

低く威圧感のある物言いに、川島の顔から笑みが消える。

「借用書を出せ」

すると、桐生さんが川島に右手を差し出した。

「……なんだって？」

「彼女の叔父が書いたという五百万の借用書だ」

「そんな大事な物、こんな場所に持って来ている訳がないでしょう」

川島が憮然と言い返す。

「だったら、今すぐ誰かに持って来てもらえ」

「なにを偉そうに。お互いの立場を理解されてます？　こちらは債権者で、初音さんは債務者だ。命令される筋合いはありませんが」

桐生さんの言葉に、川島が目を吊り上げる。

「それと、彼女は叔父の連帯保証人になると言った覚えも、署名捺印した覚えもないと言っている。それはなぜだ？」

「初音修造《しゅうぞう》が言ったんです。初音莉緒が自分の連帯保証人になるって」

川島の声が分かりやすく上ずる。

「口約束か？　だとしたら、金を借りた債務者の叔父と、金を貸した債権者のお前たちのやりとりに効力はない。その場合、彼女が保証義務を負うことはない」

「なっ……！」

「保証契約は口約束ではなんの効力も生じないことが、民法四四六条二項に規定されている」

弁護士である桐生さんに気圧され、川島はワナワナと唇を震わせるだけで言い返すことができない。

「質問を変えよう。彼女の叔父に金を貸したのは誰だ。お前か？」

「ああ、そうだ！」

川島が虚勢を張って叫んだ。

「國武組のお前が、彼女の叔父に複数回金を貸す行為は、貸金業法で規制されてるのを知ってるか？『ヤミ金融対策法』は、罰則強化だけじゃない。金融業への介入防止の為に、暴力団は貸金業の登録ができない規定になっているはずなんだが」

「ち、違う！國武組は関係ない！　俺個人で貸したんだ……！」

途端に慌て始めた川島を、桐生さんは追撃する。

「なるほど。五百万はお前が個人的に貸したということでいいんだな？　仮にそうだとしても、叔父に複数回金を貸しているなら、貸金業の届け出を出す必要があるが？だが、お前は暴力団だし届け出はできない。ということは無届けで貸金業を行ったとして、刑法に違反するぞ」

「だ、だったらなんだ。サツには民事不介入の原則があるんだ。金銭絡みのいざこざに手出しはできませんよ！」

余裕をなくした様子の川島は、唾を飛ばしながら言い返す。けれど、桐生さんは一切怯まない。

「だが、これはヤミ金対策法に違反する。それに、電話を執拗にかけたり、彼女のアパートにも大量の貼り紙をして脅したな？　証拠を出せば、警察は積極的に介入してくるぞ？」

「なっ……」

「俺が極道からカタギになったからってナメてると痛い目見るぞ。どっちの経験もあるからこそ、俺はお前たち極道をどうやれば追い詰められるか知ってんだよ」

桐生さんはそう言うと、再び川島に手を差し出した。鋭い眼光で睨み付ける桐生さんから逃れるように、後ずさりする川島。桐生さんはじりじりと一歩ずつ川島に詰め寄って行く。

「今すぐここで桜夜に電話しろ。お前らが繋がってんのは分かってんだよ」

ついに川島を壁際に追いやると、桐生さんが語気を強めた。

「なんだと……？」

「川島、お前のこともすでに調べがついてる。お前は本来、債務者への取り立てをする下っ端たちを管理をする立場だろう。そんな人間がどうして直接取り立てに来ているんだ？」

ふいに川島と目が合った。けれど、すぐに決まりが悪そうに私から目を逸らした。

「お前が起こした騒ぎで國武の中がガタついてもいいのか？　俺は今弁護士だぞ？　お前のとこのシノギを潰すことぐらい簡単なんだよ。そんなことになったらお前、このままだと破門じゃ済まないぞ？」

「くっ……」

「桜夜になんて言って取り込まれたか知らないが、このままじゃ龍王と國武が本気でやりあうことになるぞ。そうなったら間違いなく國武は負ける。俺と桜夜、どちらについた方が利口か、考えなくても分かるだろう？」

先程までの威勢と強気な態度は消え失せ、川島は顔を真っ青にして狼狽える。

「だが、俺もそこまで鬼じゃない。だから、今ここで全部吐け。そうすれば、お前の組に手出しはしないと約束しよう」

桐生さんの言葉に、川島は降参したのか、肩を落としてポツリポツリと話し始めた。

「……なるほど。話は分かった。今すぐ桜夜に連絡を入れろ」

川島に電話をかけさせると、桐生さんはそのスマホをひったくった。

そして、黙っているようにと川島に念押しすると、玄関の外に追い出して鍵を閉めた。

『おう、俺だ。どうだ。上手くいったか？』

低い男の声がする。

スマホをハンズフリーにしたことで、私も二人の会話を聞くことができた。

「すべてお前の仕業だったんだな、桜夜」

『なっ、どうして……』

桐生さんの言葉に、電話の相手は明らかに狼狽えていた。

「莉緒に執着していたのは、國武組ではなく、お前だった。そうだろう？」

『そんなわけないだろう。あの女は國武に五百万の借金が……』

「それを口実にして五年前、俺から莉緒を引き離したんだな？　そして、俺が莉緒を捜していることを知って、また五年前と同じことをしようとした」

図星だったのか、桜夜さんは黙り込む。

「お前と國武の川島が、少年院時代に繋がっていたことは調べがついてる。アイツに金を握らせて指示を出してたんだろ？　どうしてそこまで……」

『――うるせぇな!!　お前さえいなければこんなことにはならなかったんだ!!』

すると、間髪入れず桜夜さんが怒鳴った。電話の向こう側の桜夜さんの声が、室内に響き渡る。

『なんの血縁もないお前が、組長に可愛がられてどんどん出世していくのを見ていた俺の気持ちが分かるか⁉　お前が組を去ってからも、お前の派閥の奴らは俺に一切なびかない……、なぜだ⁉』

放たれた言葉には、怒り以上の苦しさが滲んでいた。

「それはお前が上に立つ器じゃないからだ。昨日言ってただろ？　自分のことを次期組長だと。だが、お前は自分のことばかりで組や組員のことを考えていない。そういうのを見透かされてる」

声を荒らげるでもなく、桐生さんは淡々とした口調で言った。

『くっ……』

図星だったのか、なにも言い返すことができず言葉に詰まった桜夜さん。荒い呼吸のあと、電話越しにガラスのような物が割れる音がした。それは数十秒続き、ようやく止んだ。

「五年前、俺のことを半グレに襲わせたこともあったな？　お前はずっと変わっていない。真正面からぶつかってくることができない弱虫野郎だ。そんな奴についてくる人間がいるわけねぇだろ」

桜夜さんは黙っていた。ただ、浅い呼吸を繰り返している。その沈黙が、とても長い時間に感じられた。

『……俺はどうやったってアンタには勝てっこねぇってことか……』

「そもそも、俺はお前と勝ち負けの勝負をしたつもりは一度もない。勝手にライバル視してくるな。それに、俺はもうカタギだ。カタギを巻き込むことはもうするな」

『それは……できねぇや。俺はもう後戻りできないところまで来ちまったからな』

桜夜さんがそう呟いたとき、電話の向こう側でガサガサっという大きな雑音がした。

次の瞬間、電話口から届いたのは『兄貴〜！　姐さん〜！　大丈夫っすか〜？』という聞き覚えのある陽気な声だった。

ま、松ちゃん⁉

『ちょっと待って下さい。今、桜夜さんのスマホ奪い取ったんで、ハンズフリーにしますね。で、俺の声聞こえます？』

「ああ、聞こえる」

『おい、松田！　お前、なぜ勝手に……』

桜夜さんが驚いたように声を上げた。

『桜夜さんが始めようとしてた違法薬物の密売、阻止したっす！　中国マフィアやっぱこえーっすわ』

『お前……！』

『若頭、うちの組はクスリは一発破門っすよ。俺はアンタのこと嫌いっすけど、俺にはまだ若頭は早いかなぁって。ねっ、兄貴？』

「よくやった、松」

桐生さんが、安堵したような表情を浮かべて微笑んだ。

『お前ら……全部知ってて画を描いたってことか？　俺はずっとお前らの手のひらで踊らされていた……？』

桜夜さんの口ぶりは、まるで自問自答するかのようだった。

「そういうことだ。だからもう、二度と変な真似はするなよ。今回は見逃してやるが、次はねぇぞ。この音声も中国マフィアとのやりとりもすべて録音してある。証拠ＵＳＢは俺が管理している。お前が悪さするようならこれを組長に渡す」

『……どうして俺を見逃すんだ。またお前の女に手を出すかもしれないぞ？』

「ムダだ。そんなこと俺が絶対にさせない。桜夜、今からでもまだ間に合う。父親の龍王武蔵の意思を引き継ぐ組長になれ」

桐生さんの言葉に桜夜さんが小さく息を吐いた。

部屋の掛け時計の秒針の音だけがする。私は固唾を飲んで桜夜さんの言葉を待った。

『俺の負けだ。……すまなかった』

桜夜さんが自らの過ちを潔く認めた。

「と言っているが、どうする莉緒。お前がこいつを許せないというなら、すぐにでも警察に突き出してやるぞ」

桐生さんの言葉に、私は首を横に振った。

「取り立てや執拗な電話で、怖い思いをしたのは事実です。怒りもあります。でも、二度と私や護に近付かないと約束してくれるなら……今回は目をつぶります」

ここで私が警察に通報してしまえば、桐生さんとの関係も話さなくてはいけなくなる。

そうなれば、弁護士になったあとも反社会勢力との繋がりが強いと、警察からあらぬ誤解を受けることになりかねない。

桐生さんには、松ちゃんとの関係をこれからも続けてもらいたい。

松ちゃんはたまに怖いときもあるけど、私にとっても可愛い弟のような存在だ。

『……申し訳なかった。二度と近付かないと約束する』

「分かりました」

私は桜夜さんからの謝罪を正式に受け入れた。それを見届けた桐生さんは電話を切ると、玄関へ向かう。私は慌てて桐生さんの後を追いかけた。

玄関扉を開けると、居心地の悪そうな表情の川島が立っていた。

「桜夜はすべてが自分の責任だと認めた。このことは、大事《おおごと》にせずお前の胸にしまっておけ」

「……分かりました」

観念した川島が素直に頷くと、桐生さんは川島のスマホを差し出した。

川島が手を伸ばすと、「莉緒になにか言うことは？」と尋ねた。

目を見開いて動きを止めた川島は、伸ばしかけた手を引っ込めて私に深々と頭を下げた。

「……申し訳ありませんでした」

あんなにも恐ろしい存在だった川島が素直に腰を折る。桐生さんにかかれば、川島に謝罪させることなど、赤子の手を捻るようなものなのかもしれない。

「それと一応言っておくが、もしもまた莉緒たちに近付くことがあれば容赦しない。それだけは覚えておけ」

その場で念書を書かされた川島は、それを桐生さんに差し出した。

「ひとつだけ、どうしても腑に落ちない点がある。叔父の百万の借金を莉緒は三年で返したと言っている。國武の取り立ての酷さはよく耳にした。それなのに、たった百万の借金をどうして三年も待ったんだ。しかも、わざわざお前が出向いてまで回収した理由はなんだ」

「……あなたは頭がいい。私の気持ちも全部見透かしているんでしょう?」

川島は自嘲したように笑った。

「初回の取り立てのとき、私は初音さんの家へ下っ端を連れて向かいました。恫喝されて酷く怯えている彼女を一目見たとき、なぜか放っておくことができなくなってしまったんです」

「それでお前が直々に取り立てに来ていたと?」

「ええ。そうじゃなかったら、三年の猶予なんて与えません。それに、その間だけは私は彼女と繋がりを持てた。百万の返済が終わったあと、一切の連絡を絶ったのは彼女の為を思ってのことです」

川島の言葉に、桐生さんは眉間に皺を寄せて険しい顔をした。

「彼女にはカタギの人間と結ばれて幸せになって欲しかった。それなのに、五年前と同じように彼女は元極道のあなたを選んだ」

そう言うと、川島はなにかを堪えるようにぐっと拳を握り締めた。

「だから五年も経った今、独断で桜夜と組んでまで莉緒を追い詰めるようなことをしたのか？」

「……彼女ではなく、あなたを許せなかったんですよ。たとえそれが過去だとしても、自分と同じ極道の人間が彼女と結ばれることが」

「そういうことか」

桐生さんが小さく息を吐く。

「ですがもう、潔く身を引きます。彼女の心の中に私が入り込む余地はないと分かりましたから」

すると、二人の会話の意味が分からず困惑する私に、川島は目を向けた。

鋭く吊り上がった目元をほんのわずかに緩ませる。こうやってまじまじと顔を見るのは初めてだった。目が合うと、川島の喉仏が上下した。

「怖い思いをさせて……すみません。どうか、お元気で」

川島は小さく頭を下げると、踵を返して逃げるように駆けて行く。

「ハァ……」

部屋の中に戻ると張りつめていた気持ちがプツリと切れ、よろけた。

「――莉緒」

体を支えられた私は、桐生さんを見上げる。その顔は苦しげに歪んでいた。

「本当にすまなかった。莉緒を怖がらせるきっかけを作ったのは……全部俺だったんだ」

「桐生さんのせいじゃありません。元々叔父さんが國武組から借金をしたことが発端になったんですから」

「だが……」

「本当にありがとうございました。これで安心して護とこのアパートに戻れます」

もう借金取りがうちに来ることはない。

だとしたら、桐生さんの家にいる必要はなくなる。

懐かしく思いながら、護との思い出の詰まった部屋を見回す。

チェストの上に並んだ、護の写真。部屋の隅に積まれた工作物。片付け忘れてテーブルの上に置いたままになっている保育園のプリント。

私がそう言うと、桐生さんが私の体をギュッと抱きしめた。

「戻らないでくれ。ずっと一緒にいよう」

「え……？」

「莉緒」

名前を呼ばれた直後、桐生さんは私の唇を奪った。

一度唇を離して私の目を射抜くように見つめると、再びキスを落とす。

体中にぞくぞくとした感覚が駆け巡り、身をよじる。それに気付いた桐生さんは、さらに深く私の唇を堪能するように唇を重ね合わせた。

「桐生……さ……ん」

もう彼に抗う必要はなにもない。

私の気持ちは決まっている。

だから、自分の想いをすべて桐生さんに伝えよう。

《♪～～♪～》

すると、私のポケットの中のスマホが音を立てて鳴った。

二人だけの甘い世界に入り込んでいた私たちは、ハッと我に返る。

「……すまない。つい……」

「いえ、私の方こそ……」

照れ臭くなって、頬を赤らめながらスマホを取り出して画面を確認する。

「ふふっ……。護ってば楽しそう」

【護くん、楽しく遊んでるから安心してね】という美子からのメッセージとともに、亜希ちゃんと庭でピースサインをしながら笑う護の写真が添付されていた。

「だな。でも、きっと莉緒を待ってる。早く迎えに行ってやろう」

「はい」

護の気持ちを一番に考えてくれる桐生さんの優しさに胸を熱くしながら、私は強く頷いた。


美子の家に護を迎えに行ったあと、私たちは初めて三人で外食をした。

桐生さんに外で食事をしようと誘われたことは何度もある。でも、そのたびに適当な理由をつけて断っていた。國武組とのいざこざがあった間は、極力人目につく行動は取らないように気を付けていた。

「わぁぁぁ！」

テーブルに運ばれてきた飛行機型のお子様プレートに、護が歓喜の声を上げる。

旗のついたチキンライス、唐揚げにフライドポテト、それから生クリームとさくらんぼののったプリンという大好きメニューに、護は興奮しっぱなしだった。

「護、足をパタパタしちゃダメよ」

子供用の椅子に座った、テンションの高い護を諫める。

木のぬくもり感じるお洒落な内装。洋風なレンガ造りの壁にウッド調の床。天井からはペンダントライトが輝き、店内をやさしく照らしている。

シックにも関わらず、護と同年代の子供や乳児連れも多い。

「それにしても桐生さんってば、よくこんな素敵なお店知ってましたね?」

「ネットで調べたんだ。ママと子供が喜ぶ、オシャレレストラン、で」

「私と護の……為に……?」

「ああ。家での食事もいいが、たまには莉緒の息抜きも必要だろ?」

そこまで考えていてくれたなんて。心の底から湧き上がってくる喜びに胸がいっぱいになる。

「お待たせいたしました」

ウエイトレスさんが運んできてくれた、ホイル包みのハンバーグとビーフシチュー、サラダに目を輝かせる。

「美味しそう……!」

「食べられたらデザートも追加で頼もう。ここのレアチーズケーキ美味いらしいぞ。

ああ、でも莉緒はあまり高カロリーな物は食べないんだっけ?」

桐生さんが意地悪な笑みを浮かべる。

「あの言葉は撤回させて頂きます！　今日だけはオッケーにします！」

私の言葉に桐生さんは、ははっと声を上げて笑った。

結局、追加注文したレアチーズケーキまでペロリと完食した私は、大満足で店を後にした。

家に帰ると、慌ただしく護をお風呂に入れる。昼間たくさん遊んで疲れていたのか、護は絵本を読み始めるとすぐに眠ってしまった。

そっと布団をかけ直しておでこを撫でると、私は部屋の電気を消してリビングへ向かった。

「護、寝たか？」

パソコン作業を一旦中止した桐生さんに声をかけられ、私は微笑みながら答える。

「はい。レストランがすごく楽しかったみたいで、ずっとその話をしてました」

「そうか。それならよかった」

桐生さんはダイニングの椅子から立ち上がりながら嬉しそうに言うと、私の手を引きソファに座らせた。

「あの話の続きをしてもいいか？」

改まった様子の桐生さんに、こくりと頷く。

「俺はこれから先も、莉緒と護と三人で暮らしたいと思っている」

「桐生さん……」

「五年前、お前が俺の前から姿を消したのは、國武組の取り立てのせいだったんだろう？　俺のことが嫌になったわけでは──」

「──嫌いになんてなりません！」

私は桐生さんの言葉を遮るように言った。

「嫌いになるわけないじゃないですか……。桐生さんを嫌うことなんて……できません」

もういいんだよね……？

この五年、桐生さんへの想いをずっと封印して生きてきた。

どんなに忘れようと思っても、私の心の中にはずっと桐生さんがいた。

「すべて……お話しします」

「莉緒……」

桐生さんが息をのんだのが分かった。私は五年分の想いを桐生さんにひとつずつ伝えていく。

「夜逃げ同然にアパートを出てからは、看護学校時代の親友に今の病院を紹介してもらって働き始めました……。そのとき、私は護を身ごもっていることに気付きました」

護を一人で育てていけるのか、不安でいっぱいだった。

けれど、それ以上に喜びに打ち震えた。

たった一人だった私に家族ができる。これほどまでに嬉しいことなどない。

「護を産んでから、今のアパートに引っ越して必死に護を育てました。でも、ずっと桐生さんのことを忘れられませんでした。そして、あの日……再会して気付いてしまったんです。五年も経っているのに、私はまだあなたが好きだったと。こんなにも、愛していると……」

「莉緒……」

感情が溢れ、目から涙がこぼれる。それを、桐生さんはそっと指で拭ってくれた。

「ごめんなさい……桐生さん……」

「どうして謝るんだ。俺の前から姿を消したことはもう気にしていない。今、こうやって莉緒と一緒にいられるだけで俺は幸せなんだから」

私はフルフルと首を振った。

「それだけじゃないんです……」

「どういうことだ？」

「護です……」

「護がどうしたんだ」

「護は……あなたとの子です」

その瞬間、桐生さんは目を大きく見開き、「護が……俺の子……」と呟いた。

「再会してからも、どうしても言えなかったんです。言ってしまえば、國武組のことに桐生さんを巻き込んでしまうと思ったから……。極道を辞めて弁護士になった桐生さんの邪魔だけはしたくなかったんです」

涙ながらに言うと、桐生さんはそっと私の手を握った。

「邪魔なわけないだろう。むしろ……その逆だ。前にも言ったが、俺にとって大切なのは莉緒と護だ」

「桐生さん……」

桐生さんはそっと私を抱きしめる。

「護を産んでくれてありがとう」と耳元で優しい声がした。

「ずっと一人で抱えて辛かっただろ？　莉緒が大変なとき、そばにいてやれなくて本当にすまなかった」

「謝らないで下さい……！　桐生さんはなにも知らなかったんですから」

私の言葉に、桐生さんは私を抱きしめる腕にギュッと力を込めた。

「……護に会ってから……俺は護の父親になりたいと強く思ったんだ。それが……かなうなんて信じられない。こんな幸せがあっていいのか……」

「桐生さんと護はよく似てます。護はパパ似ですね」

桐生さんが、私を抱く腕の力を緩めた。

目が合い、私は桐生さんの目を真っすぐ見つめた。

「私が愛しているのは、今も昔も桐生さんだけです」

「俺も莉緒を愛してる」

気持ちの通じ合った私たちは、どちらからともなく唇を重ね合わせた。

キスは徐々に深くなる。すると、桐生さんが私の背中と膝の裏に手を回して軽々と持ち上げた。

そのまま桐生さんの寝室に移動するとベッドに押し倒された。私は、緊張しながら桐生さんを見上げる。

銀色のフレームの眼鏡を外すと、桐生さんは愛おしそうに私の頬を撫でたあと、唇を奪った。

何度も変えて落ちてくるキスの雨に、頭の中が真っ白になる。

キスは次第に深くなり、口のわずかな隙間から桐生さんの舌が差し込まれる。

「んっ……」

私の反応を楽しむように、桐生さんは薄く笑いながら私を見つめた。

「莉緒……可愛いな」

羞恥心を刺激され、今にも理性を手放しそうな状況に体中が熱を帯びる。

たまらなくなった私はあの日のように、桐生さんの汗ばむ背中に腕を回した。

「またこうして莉緒を抱けるなんて夢みたいだ」

私だって同じ気持ちだ。

まさかまたこうやって、桐生さんに抱かれる日がくるなんて思ってもいなかった。

でも、そんなことを言葉にする余裕はない。

首筋やうなじにまでキスを落とされ、声が漏れる。

桐生さんからの甘い刺激に、全身に熱い物が駆け巡って、私はギュッと目をつぶる。

「莉緒……」

艶っぽい声で名前を呼ばれるたびに、情欲の熱に浮かされた私は桐生さんに愛される喜びに胸を震わせたのだった。

「……ということです」

「ちょちょちょ、ちょっと待って！　まだちょっと考えが追い付かないんだけど！」

午前の勤務を終えてお昼休憩に美子を誘うと、私は桐生さんとの出来事を簡潔に話した。

もちろん、桐生さんが極道だったことは話していない。

「じゃあ、その桐生さんって人が、まーくんの本当のパパなのね？　それで、紆余曲折あって一緒に暮らすことになったってこと？」

「そういうこと」

思わず微笑むと、美子までつられて笑った。

「莉緒、いい顔してるじゃん！　ホントよかったね!!　で、籍を入れるのはいつ頃？」

美子の言葉にゆっくりと首を傾げる。

「そういう話は出てないな」

「ハァ!?　なんでよ！　そこハッキリしないとでしょ!?」

「そうだね。言われてみれば」

「もー、そういうところはちゃんとしないとダメよ!!」

確かに家族三人で一緒に暮らそうとは言われたけど、いつ籍を入れるかまでは話していない。

そういう部分も含めて、きちんと桐生さんと話し合わなくちゃ。

「で、どうだったのよ。五年ぶりのアレは」

周りに人がいないことを確認した美子が、ニヤリと意味深な笑みを浮かべた。

「なっ!? 美子、ストレートすぎない？」

「だって気になるじゃない」

突然、昨日の情事が頭に浮かび、ぶわっと顔が熱くなって両手でパタパタと顔を扇ぐ。

「さてはその反応、よっぽどよかったみたいね！」

「それは……そうだけど」

桐生さんからの愛を全身に受けながら抱きしめられ、とろけるように甘い時間だった。

これから先夫婦になれば、ああいうことも日常茶飯事になるわけで……。

「どうしよう。なんか今になって、急に照れ臭くなってきちゃった」

「どんだけ初心なのよ」

美子が呆れたようにフンっと鼻で笑う。

「でも、よかったね。今まで苦労した分、いっぱい幸せにしてもらいなよ？」

「うん。ありがとう、美子」

親友の美子に隠しごとがなくなったことで、心がすっきりとした。

すると、美子が改まった様子で尋ねた。

「そういえば、良太先生はどう？　あれから、連絡とかない？」

「うん。病院の裏口で一度待ち伏せされてただけ」

「そっか。このまま諦めてくれるといいんだけど……」

「もう諦めたんじゃないかな。私、冷たく突き放したし。だから、心配しないで」

私は申し訳なさそうな美子を安心させる為に、笑顔で言った。

＊＊＊

「……一体どうしたっていうんだ」

俺は休憩中、弁護士事務所の自席でポツリと呟いた。

莉緒との二度目の夜から数日が経ったというのに、いまだに興奮が冷めやらない。

目をつぶるたびに、莉緒の顔やぬくもりが思い出され、俺を優しく苦しめた。

自分は人一倍理性的だと自負していたが、莉緒のこととなるとまるで別人だ。

それに……あの日、護が自分の子であると聞かされてから、今日までふわふわと雲の上にいるように気持ちが浮ついている。

あの可愛らしい護が俺の子……？

喜びで心の中が満たされすぎて、今にも感情が溢れ出してしまいそうだ。

それは顔にも出ているらしく、沢渡さんに『いいことがあったようだね？』とからかわれる始末。

あれからというもの、俺はどうかしてしまっている。

そのとき、沢渡さんの姿が視界に飛び込んで来た。

「沢渡さん、子供が喜びそうな場所ってどこですかね？」

コーヒーメーカーの前に立つ沢渡さんに近付き、声をかける。

「うちの子が子供の頃は、遊園地か動物園に連れて行くと喜んだな」

「やっぱりその辺りが定番ですね」

小さく頷きながら話を聞く。

「夏はプール、冬はちょっとした雪遊びも楽しんでたな」

「沢渡さんも背中にもんもん入ってますよね？　それでもプールには行けるものなん

でしょうか？」

「長袖のラッシュガードを着て隠せば、問題なく入れるプールもある。もちろん、全部ではないし断られることもある。事前確認をしておいた方がいい」

「なるほど」

沢渡さんは極道から足を洗って、カタギの女性と結婚した。三人の子供をもうけた彼の話は、とても参考になる。

良き父、そして良き夫になる為に沢渡さんから学ぶべきことは多い。

「だが、お前ならそんな心配せずともプールを貸し切れるだけの財力があるだろう？」

沢渡さんは淹れたばかりのコーヒーを飲みながら、いやらしく笑う。

「桐生のように頭を使って稼ぐ人間は違うな。投資で億稼ぐお前は金のスペシャリストだ。弁護士にならずとも巨万の富を築けただろうよ」

「まあほとんど趣味みたいなものですから」

「羨ましいやつめ」

沢渡さんは恨めしげに唇を尖らせた。

昼食の時間になり、莉緒が作ってくれた弁当を広げる。

肉と野菜がバランスよく詰められ、そしてなんといっても彩がいい。

外で食べるどんな絶品料理よりも、莉緒の手料理の方が美味いと胸を張って言える。

「いただきます」

事務所にいる人間全員に自慢して回りたい気持ちをぐっと堪えながら、作ってもらった弁当に舌鼓を打った。

昼食を終えると離婚調停の為、車で一時間半ほどの距離にある家庭裁判所へ向かう。

ロビーにいた依頼者の四十代の妻が、俺の姿に気付き深々と頭を下げた。

少し前に事務所に相談に来たときよりもさらにやつれて、目の下には大きな隈ができていた。

「先生、今日はよろしくお願いします」

「お待たせして申し訳ありません。こちらこそよろしくお願いします」

駆け寄って行き、頭を下げる。

依頼者は夫のモラハラと浮気に悩み、心身ともに弱っていた。

俺は、黒いビジネスバッグから取り出した書類を依頼者に差し出した。

「以前にもお話ししましたが、離婚調停では、このような形で裁判官一名と調停委員二名の計三名から話を聞かれます」

分かりやすいように書類を指差しながら話を伝えるも、依頼者はソワソワしていて落ち着きがない。

「……はい。でも、緊張して上手く答えられる自信がなくて……」

不安からか表情は強張り、声も震えている。俺はできる限り穏やかな口調で言った。

「私も同席しますので、ご安心下さい。もし緊張して答えられなくても、私が意見を代弁して伝えます。もちろん、法律的なことはすべて私が対応いたしますので、お任せ下さい」

「何から何まで本当にすみません……」

夫のモラハラのせいか、自己肯定感が下がってしまっているようだ。

なぜ妻をこんな風に苦しめるのか理解に苦しむ。莉緒と暮らすようになってから、改めてモラハラ夫の行為が理解できないと実感した。だが、今は私的な感情とは切り離して業務に当たらなければならない。

「謝らないで下さい。私はあなたの味方です。一緒に戦いましょう」

「味方……？」

依頼者は潤んだ目を俺に向けた。それに応えるように力強く頷く。

これ以上の会話は必要なかった。依頼者の目に光が灯ったのを俺は見逃さなかった。

「それでは行きましょうか」

弁護士の仕事は常に冷静さを欠いてはいけない。

俺は気を引き締め直すと、依頼者とともに調停へと臨んだ。

離婚調停は二時間ほどで無事に終わった。緊張しながらも自分の気持ちを調停委員に伝えることのできた依頼者は、晴れやかな表情で家庭裁判所を後にした。家庭裁判所から事務所へ戻る途中、顧問先から突然の相談連絡があり、今度はそちらを急遽対応することとなった。

事務所に戻ってからは、慌ただしく不在時にかかってきた電話の対応に当たり、来週に控えた裁判の準備書面の起案も行う。

そのあとも仕事は続き、所属している弁護士会の委員会活動の為、早めに仕事を切り上げて弁護士会へ出向いた。

先輩弁護士との食事会を終えてマンションに帰ったときには、すでに日付を跨いでしまっていた。

二人はもう寝ているだろうと考え、音を立てないように部屋に入ると、パタパタというスリッパの音がした。

「おかえりなさい、遅くまでお疲れ様でした」

リビングから駆けて来た莉緒が、にっこりと可愛い笑みを浮かべる。

「ただいま。まだ起きてたのか？　先に寝ていてよかったのに」

すると、莉緒が照れ臭そうな表情を浮かべた。

「私が桐生さんに会いたくて待ってました」

「おいおい、そんな可愛いこと言ってると襲うぞ」

廊下で莉緒の体をギュッと抱きしめる。

家に帰ると彼女が出迎えてくれる。そのことを改めて嬉しく思う。それが、最愛の莉緒であるからなおさらだ。

「護は？　今日も変わりなかったか？」

「はい。今日もまた大きな工作物を作って帰って来ました。自転車の前かごにはのらないので、護がずっと抱っこしてましたけど」

國武組との一件が解決すると、莉緒は護の保育園まで自分が送迎をやると言って聞かなかった。

だったら車を買ってやると提案したものの、莉緒はそれを断り自分の貯金から自転車を買い、後ろに護を乗せて保育園へ送迎するようになった。

毎日自転車を漕ぐことでお腹の肉がなくなるかもしれないと莉緒は言っていたが、俺は全く気にならなかった。

むしろ、少しぐらいぽっちゃりしていた方が女性らしい。

「護は物作りの才能がある芸術家だな。将来有望だぞ」

リビングへ入ると、バッグをソファに置きネクタイを緩めた。

「ふふっ、それは褒めすぎですよ」

「いや、俺は心からそう思ってるぞ。おっ、今日作った工作はこれか？」

「はい」

お菓子の箱やトイレットペーパーの芯などをいくつも繋げて作られたロボット。

「すごいな、こんなのなかなか三歳が作れるもんじゃない」

まじまじと見つめていると、護に会いたくなってきてしまった。

「少し護に会ってくる」

俺は寝室へ行き、寝息を立てる護にそっと近付いて行く。

「すごいダイナミックな寝相だな」

ベッドの上で回転したのか、枕とは反対の場所で寝ている護。その愛おしい姿にたまらず笑みが漏れる。

護を起こさないように気を付けながら、フワフワの髪を撫でつける。

俺がこの子の父親だなんて今でも信じられない。

護が生まれてから莉緒と再会するまでの期間、護には父親がいなかった。
莉緒から愛情をたっぷりもらって育った護は、とてもいい子に育っている。
だが、これからは俺が父親として積極的に護との関係を築いていきたい。
護は……突然現れた俺を父親として受け入れてくれるだろうか？
俺はそっと立ち上がり、「おやすみ」と声をかけて寝室を後にした。

# 第八章　特別な一日

今日も慌ただしく動き回り、疲労困憊だった。外来患者の診察が終わり、残っていた業務を片付ける。

「初音さん、今日の入院患者の書類、受付までお願いできる？」

「分かりました」

退勤の時間まであと少しと自分を励ましながら、受付に向かって歩いていると、突然名前を呼ばれた。

「――莉緒！」

声のした方に視線を向けると、前方にスーツ姿の良太が立っていた。

けれど、そのスーツは皺だらけでネクタイも曲がっている。

良太はにんまりと嬉しそうな笑みを浮かべると、私の元へ駆け寄ってくる。

「どうしてここに……？」

「莉緒に会いたくて来たんだよ。消化器内科まで行って莉緒がどこにいるか聞いたら、受付に向かったって言ってたから、追いかけたんだ」

わざわざ私を捜しに消化器内科まで行くなんて……。

ていうか、私が消化器内科で働いているって、どうして知ってるの……？

まさか調べたの……？

「えっ⁉」

「やめてよ、私まだ業務時間なんだから」

「だって、こうでもしないと莉緒は僕としゃべってくれないだろう？」

「だからってこんな風に来られるのは迷惑だから」

そう言って良太を無視して歩き出すも、彼は引き下がらない。

「護くんはどう？　元気にしてる？」

「あなたには関係ないことですから」

歩くスピードを速める。それでも、良太はしつこくついてくる。

「いや、関係あるよ。彼は僕の子だろ。男の子だし、行《ゆ》く行《ゆ》くは東山病院の跡取りになるんだから」

「本気で言ってるの？」

私は声を押し殺しながら、良太を睨んだ。

点滴を引いて歩く入院患者が、すれ違いざまに私たちを不思議そうに見つめた。

小さく息を吐いて気持ちを落ち着かせてから、良太に言う。

「前にも言ったけど、あの子はあなたの子じゃない」

「五年前のことを怒るのは無理ないよ。僕もそれは反省してる。だからこうやって心を入れ替えて、莉緒に会いに来たんじゃないか」

「あなたが林さんと浮気して私を捨てたことなんて、もうどうでもいい過去の記憶なの。だから、こうやって付きまとうのはやめて」

「付きまとってるなんて、人聞きの悪いこと言わないでくれよ。あっ、そうだ。今週の日曜日は護くんの誕生日だろう？　一緒にお祝いさせてくれないか？」

結局、良太は受付の近くまでしつこく付いて来た。

「いい加減にして!!」

待合室には外来患者はおらず、ガランッとしている。

周りに人がいないことを確認すると、私は立ち止まり、良太にハッキリと言った。

「これ以上私に付きまとうなら警察を呼びますから」

「僕は絶対に諦めないからね！」

「二度と会いに来ないで！」

一方的にしゃべり、話が全く噛み合わないことにわずかな恐怖を覚える。

冷たく言い放つと、私は逃げるように駆け出した。

この日を境に、良太の行動は常軌を逸するようになる。

私の勤める病院に、毎日のように顔を出し始めた。

それどころか、消化器内科までやって来ては私に声をかける。

無視しても執拗に付きまとわれて、業務に支障をきたし始めた。

看護師長や他の看護師にも『あの人また来てるけど……』と心配され、私はそのたびに『すみません』と頭を下げた。

外科医として日々忙しく業務に当たっているはずの彼が、なぜこんなにも自由に行動できるのか分からず、私は美子を頼ることにした。

「同期の子に聞いてみたら、良太先生、先月から休職してるみたい」

業務を終えて更衣室で着替えを済ませた私と美子は、裏口に向かいながら言葉を交わす。

「え……？　なんで？」

「良太先生の二歳違いの弟も、東山病院で外科医として働くようになったんだって。その弟が相当腕のいい外科医みたいで、彼のお父さんである院長も弟に期待を寄せるようになって相当焦ってたみたい」

「そういえば前に弟がいるって言ってたような……」

付き合っているときから、彼は家族の話を嫌がった。特に弟の話題はほとんどあがったことがない。

「それで精神的に参っちゃってるのかな……。莉緒とまーくんに執着してるのも、お父さんに跡取りができたっていうのを見せて、挽回したいからなのかも……。こんなことになるなんて、私……」

美子は顔を強張らせて、不安そうに瞳を揺らす。

「そんな顔しないで。美子のせいじゃないから」

もしそれが本当だとしたら許し難い。私と護を利用するなんて……。

それだけでなく、美子までこうやって苦しめられている。

すると、美子がハッとした表情を浮かべた。

「……そうだ。桐生さん、だっけ？　彼に相談してみた方がいいと思う。弁護士さんなら、なおさら相談に乗ってくれると思うし」

「……うん。そうしてみる」

美子と別れてから、自転車にまたがり護を迎えに保育園に向かう。

「護くーん、お母さん来たよ～!!　帰りの準備してね～」

保育園に着くと、室内で遊ぶ護に七海先生が声をかけてくれた。

「護くん、もうすぐ誕生日ですね」

「そうなんです。繋げられる電車のおもちゃが欲しいって、少し前に言ってたので用意してたんですけど、あの子、直前でやっぱり違うのにしようかなとか言うので、少し心配してて」

「あはは、あるあるですね。うちの子にもサンタさんに頼んだプレゼントを違うのにしてもいいかって聞かれて、もうサンタさん用意しちゃったから無理じゃない？　って言っちゃいました」

七海先生が明るく笑う。

「どこもそんな感じですよね。ちなみに護、保育園でプレゼントはなにが欲しいとか、そういう話してました？」

「あっ……、えっと……」

なぜか急に困ったような表情を浮かべた七海先生に、首を傾げる。

「護、なんか変なこと言ってました？」

「いえ、そうじゃなくて。これは……うーん、どうしよう。言っていいのかな……。

いや、でも……」

「ママ～！」

七海先生が言いよどんでいる間に、荷物を持った護がやって来た。

先生は助かったというように、ホッとした笑みを浮かべる。

「護くん、さようなら」

「さよならー」

お世話になりましたと頭を下げて園を出ると、自転車の後ろの椅子に護を乗せてから自転車にまたがる。

もう夕方だというのに日差しは強く、ジリジリと肌を照らす。

「ねぇ、護」

「なに～？」

「先生にお誕生日プレゼントの話した？」

汗ばむ肌を拭いながら、私は問いかけた。

「したよー！」

「そうなんだ。なんて言ったの？」

七海先生のあの反応が、なぜかとても気にかかった。

「ナイショ」

「えー、いいじゃん。教えてよ」

「だめだめ」

こういうとき、護は父親の桐生さんに似てとても頑固だ。

「まあいっか」

今日は桐生さんも早く帰って来ると言っていたし、美味しいご飯を作ろう。

「よーし、しゅっぱーつ」

「しんこー！」

護の合図で自転車を漕ぎ始める。

護の送迎を始めてから、体重が一キロ減った。

誤差の範囲だと言われればその通りだけど、これを続ければ産前の体重まで戻るんじゃ⁉

太るのはとんでもないぐらい簡単だけど、痩せるのは血反吐を吐くほどに大変だと、私は身をもって実感していた。

その日の夜、桐生さんは予定通り早く家に帰って来た。

食事を終えると護と一緒にお風呂に入り、歯磨きを済ませてベッドまで連れて行く。

完璧なるパパぶりを発揮している。

「今日は寝かしつけも俺がしていいか？」

「もちろんです。でも、疲れてないですか？」

「護と一緒にいると疲れが吹っ飛ぶんだ。それに、これはリベンジでもあるからな」

「リベンジ？」

その言葉に首を傾げながらも、護を桐生さんに任せることにして、シンクの掃除を始める。

すると、二人が寝室へ行きほどなくして、テーブルの上の桐生さんのスマートフォンが震えた。

急ぎの仕事の電話だったら大変だと思い、手を拭くとスマートフォンを片手に寝室へ向かう。最近では、桐生さんも加わり家族三人で一緒に寝ている。

「あのっ、桐生さん……電話が……」

もしも護が寝ていたら起こしてしまうかと思い、ゆっくりと寝室のスライドドアを開ける。

二人はベッドにうつぶせの状態で、横になり絵本を読んでいた。

「すると、子豚のトン子ちゃんが言いました」

ゆっくりとした低い声のあと、「わたしと一緒に遊びましょうよ？　ねぇ、いいでしょう？」と甲高い声がした。

「……!!」

思わず口元を押さえて肩を震わせる。

今の、なに？

そのあとも、桐生さんの声は七変化を遂げる。

桐生さんは登場人物になりきって低い声や高い声を出し、さらには抑揚をつけオーバーリアクションで絵本を読んでいた。

しばらく黙って聞いていたものの、「ぶっ!!」と吹き出すと、二人が驚いたように私の方に顔を向けた。

「なっ……!!　き、聞いてたのか!?」

桐生さんの顔が、みるみるうちに赤くなる。

「すみません、電話があったので……。それで来てみたら……」

思い出すだけで肩が震えてしまう。

「あ、あとで折り返すから大丈夫だ」

恥ずかしいのか、すぐに私から顔を背けた桐生さん。

「ママはやくでてってー！」

「ごめんごめん。もう行くね」

よほど楽しんでいたのか、護に邪魔者扱いされ、私はさっさと退散した。

それにしても……桐生さんってばあんな風に絵本読んだりできるんだ。

護が生まれた瞬間に立ち会ったわけでもなく、ついこの間護と顔を合わせたばかりだというのに、桐生さんのパパぶりには驚かされる。

家事を終えてソファでくつろいでいると、リビングの扉が開いた。

「……寝かしつけしている間に部屋に入るときは、必ずノックをしてくれ」

入ってきた桐生さんは、私と目を合わせずに照れ臭そうにそう言った。

「分かりました。すみません」

再び笑いが込み上げてきそうになって、緩んだ口元を見られないように手で覆う。

「いや、謝らせようと思ってるわけじゃないんだ。だがやっぱり、ああいう姿を見られるのは……恥ずかしいからな」

そう言うと、桐生さんは冷蔵庫からビールを取り出した。

「莉緒も飲むか？」

「私は下戸なので」

「そうか」

照れているのを隠す為か、グビグビと喉を鳴らしてビールを一気に流し込む桐生さん。

「……実は、桐生さんに相談があるんです」

私は良太のことを思い切って桐生さんに話すことにした。

ダイニングテーブルに向かい合って座ると、桐生さんは黒い手帳を開きペンを握った。

五年ぶりに突然姿を現した元カレが私に復縁を迫っていることや、護を自分の子だと主張していること。最近は、拒んでもしつこく病院まで会いに来て迷惑をしていることなど洗いざらい話した。

「それは立派なストーカーだな」

話を聞き終えた桐生さんの顔が険しくなる。

「ストーカー行為を証明する為には、証拠が必須になる。話しかけられたときの音声を録音したり、その男にいつどこで何をされたのかということを記録に残すことも大切だ」

桐生さんの言葉に頷く。

「警察に被害届を出してもすぐに捜査が開始されるわけではないが、被害を裏付ける証拠があれば、早々になんらかの対応を取ってもらえる確率が上がる」

「なるほど……」

「だが、警察は民事には積極的に介入しようとはしない」

すると、桐生さんは手帳をパタンッと閉じて、ペンを置いた。正面から強い眼光を投げかけられ、私は思わずごくりと唾を飲み込む。

「俺と護のDNA鑑定をさせてもらいたい」

改まった声で言われて、唇が震えた。

「え……？　護の父親は桐生さんです。元カレじゃありません！」

必死に訴えても、桐生さんの顔は険しいままだった。

「頼む」

そう念押しされて、私は膝の上の拳をギュッときつく握り締めた。

「……分かりました」

私は渋々承諾した。百パーセント間違いなく、護の子供は桐生さんだ。

もしかしたら……護が良太の子供だと疑われた……？

心の中にほんのわずかなモヤモヤが広がった。

七月二十二日。ついに護の四歳の誕生日がやってきた。

「よし、行くぞ」

前日から、明日は早起きして出かける準備をするようにと言われていた私と護は、行き先も知らされぬまま桐生さんの車に乗り込んだ。

「どこいくの～？」

ワクワクした表情で尋ねる護。運転席に座った桐生さんが振り返って、唇に人差し指を当ててニッと笑った。

「まだナイショだ」

車を走らせる間、護は後部座席でヘッドレストにつけられたテレビモニターに映ったアニメをご機嫌で眺めていた。

「次に買うときはミニバンにするべきだな。泊まりがけの旅行じゃ荷物を多く詰めないし」

「……旅行……私と護と一緒に行ってくれるんですか？」

「当たり前だろう。なんでだ？」

桐生さんが不思議そうに尋ねる。

「いえ……なんでもありません」

桐生さんは護との親子関係を調べる為に、大急ぎでＤＮＡ鑑定を依頼した。

結果は十日ほどで出るらしい。

桐生さんはいつも通りに接してくれるけど、あの日から私は少しのことにも過敏になってしまう。

きっと、桐生さんと護と三人の生活があまりにも心地いいせいだ。

高速道路を一時間ほど走ったあと、車は一般道へと進む。

信号待ちで車が停止する。目の前の横断歩道を渡る家族連れが目にとまった。

愛が溢れる幸せな家庭。両親を亡くしてからずっと憧れていた生活。

贅沢な悩みかもしれない。でも、その生活がなにかのきっかけで崩れてしまったらと思うと怖いのだ。

信号が青に変わると、私は再びぼんやりと窓の外に視線を向けた。

「わぁぁぁああ!!　ゆーえんちー!!」

駐車場に入る車列に並んでいると、窓から見える観覧車に、護は目を爛々と輝かせた。

「ここって……」

「一度、護を連れて来てやりたかったんだ。奥には動物園もある。一挙両得だろう」

指定された駐車場所に車を停めると、護はウズウズと待ちきれない様子だった。

車を降りると、護は私と桐生さんの手をグイグイ引っ張り入園ゲートまで連れて来た。軽快な音楽の響く遊園地内に足を踏み入れると、テンションの上がった護は、あっちこっちとせわしなく歩き回る。

「あれのる！」

メリーゴーランドを指差すと、護が走り出す。

「走ると危ないぞ」

「はやく～!!」

私と桐生さんは、はしゃぐ護の姿を微笑ましく眺めた。

観覧車、コーヒーカップ、子供向けのジェットコースターなどたくさんの乗り物に乗り、護は大興奮だった。

昼食をとって少し休むと、体力が復活したのか護の「またコーヒーカップのる！」の言葉を合図に席を立った。

二回目かつ、ご飯を食べたあとのコーヒーカップの恐ろしさを、身をもって体験した私たち。

顔を真っ青にしてうな垂れる大人二人を横目に、護はキャッキャと嬉しそうな声を上げながら勢いよくコーヒーカップを回した。

遊び尽くして大満足の様子の護を連れて、今度は同じ敷地内にある動物園へ向かう。

遊園地から数十メートルの場所に動物園はある。三人横一列になり、護を真ん中にして手を繋いで歩くと、あっという間に動物園のゲートに辿り着いた。

入り口にいる動物から順番に見て回っていると、ある動物の前で護が強い興味を示した。

「くまさんいるけどみえない」

茶色い毛で覆われた大型の雄のヒグマを一目見ようと、熊のコーナーには、人が群がっていた。

「護、おいで」

すると、桐生さんは護を肩車してくれた。

「くまさん、いたー！　おっきい！」

暑さをしのぐ為か、ヒグマはプールで行水していた。その姿はまるで人間のようで、ちょっぴり可笑しい。

「おいおい、あんまり暴れるな。ちゃんと俺に掴まってろよ？」

護が落ちないように、両手でがっちりと支える桐生さん。

暑いのに桐生さんは長袖だ。汗をかきながらも、護に動物を見せてあげようとしてくれるその優しさに胸が熱くなる。

この人を好きになってよかった……、そう心から思えた瞬間だった。


「護、手を出して。可愛いよ。いいこいいこしてあげて？」

「こわい!!」

「怖いかぁ。無理かな……」

動物とふれあえるコーナーへ行くと、長椅子に座り、たくさんの子供たちがモルモットやひよこを膝にのせていた。

猫や犬は大好きだし、ましてあんなに大きなクマには興味津々だった護。いざ触るとなると小動物ですら怖がってビビりまくり、腰の引けている護に苦笑する。

「大丈夫だ、護。一緒に抱っこしてみるか？」

桐生さんに促されて護が小さく頷くと、桐生さんの手の中にいるモルモットをゆっくりと護の膝の上にのせた。

「優しく撫でてあげるんだ。できるか？」

「……うん」

「すごいぞ、護。よく頑張ったな」

おっかなびっくりながら、指先でモルモットを撫でることに成功した護を、桐生さんは笑顔で褒めた。

それで自信がついたのか、しばらくすると護は一人でモルモットを抱っこすることができるようになった。

「桐生さんはすごいですね」

鳥類コーナーへ移動して珍しい鳥に釘付けになる護の後ろで、私は思わず漏らした。

「なにがだ？」

「さっき、護はモルモットを抱くことはできないだろうなって勝手に決めつけて諦めちゃってました。子供の芽をつぶすなんてダメな母親ですね」

子育ては難しい。どんなに育児本を読んでも分からないことだらけだし、思ったようにいかないことも多い。

毎日が手探りの連続だ。

バサバサと大きな羽音がしたと同時に、鳥類コーナーの一番奥の檻で歓声があがった。どうやらクジャクが羽を広げたようだ。それを見ようと、周りの客が一斉に移動を始める。

けれど、マイペースな護は目の前の黄色いくちばしの鳥に見入っている。

「そんなことない。莉緒はいい母親だし、自信を持っていいんだ」

「自信か……。あんまりないです」

思わず、アスファルトの地面に視線を下ろす。

しんみりしないように無理して笑うと、桐生さんが私の頭をポンッと叩いた。

「莉緒だけじゃなくて、俺も自信なんてない。どうやったら莉緒と一緒に護を育てていけるかっていつも考えてる」

意外な桐生さんの言葉に耳を傾ける。

「俺は子供の頃、両親に否定ばかりされて育った。お前はダメな奴だって、いらない人間なんだって。だから、こういう場所に連れて来てもらったこともないし、やりたいこともなに一つやらせてもらえなかった」

桐生さんが格子状の柵を両手で握り締めている護の背中を見つめる。

「だから、護には好きなことをして欲しいし、その手助けならいくらだってする。自分がやってもらえなかった分、護にたくさんのことをしてあげたいと思ってる」

「桐生さん……」

「きっと子育てに正解なんてない。子供だけじゃなくて、親も失敗しながら成長していければいいんじゃないか？　俺は莉緒と一緒にそういう子育てをしていきたい」

護を見守っている桐生さんの慈しむような瞳が、すべてを物語っていた。

桐生さんは私が思っているよりも、ずっと護のことを真剣に考えてくれていたんだね……。

そう確信すると、喜びが胸に温かく広がっていく。

「つぎはあっちね！」

自然と桐生さんの手を取り歩き出す護の姿に、つい笑みが漏れる。

桐生さんは、すべてを優しく包み込むような温かい眼差しを護に向けたのだった。

夜になり陽が落ちると、桐生さんに連れられ、園内のからっと乾いた芝生にレジャーシートを敷いて腰を下ろした。

周りにも同じようにシートを敷いた家族連れやカップルがいる。事前予約した区画はラインテープで区切られている。そのおかげで、他のグループと一定の距離を保てているのがありがたい。

「護は花火を見たことあるか？」

「ぱちぱちの？」

「ドーンってでっかいやつだ」

よく分からなかったのか、首を傾げる護の代わりに答える。

「それはまだ一度もないです」

「そうか。じゃあ、今日が初めてか」

週末になると園内で行われる盛大な花火。わざわざ他県から見にやって来るお客さんもいるほど有名だ。

桐生さんが事前に場所を確保してくれていたおかげで、待っている間もゆったりとした時間を過ごすことができた。

よほど花火が楽しみなのか、護はソワソワと落ち着かない様子で空を眺めている。

「そういえば、前に護に聞いただろ？　誕生日プレゼント、なにが欲しいって」

「うん！」

「あれ、まだ決まらないか？　決まったら教えてくれる約束だっただろう？　もしあるなら、明日にでも買ってくるよ」

いつの間に二人でそんな約束をしたんだろう。

不思議に思っていると、護が急にモジモジしだした。

私は一度腕時計に目を落とすと、護に尋ねた。

「護、もしかしてトイレ？　今ならまだ花火の時間に間に合うから、行って来ようか？」

「ちがうの」

「それじゃ、なに？」

「……プレゼント、ものじゃなきゃだめ？」

護が桐生さんを上目遣いで見つめる。その顔はどこか緊張しているように見えた。

「いや、物じゃなくてもいいよ。どこかへ行きたいとか、なにかをしたいとか。そういうものでも全然いい」

桐生さんがそう言うと、護が桐生さんの洋服の裾をギュッと掴んだ。

「護……？」

不思議そうに護の顔を覗き込む桐生さん。

そんな桐生さんの目を真っすぐ見つめて、護は言った。

「パパになって」

「え……？」

「きりゅーさんにまもるのパパになってほしいの」

隣にいる桐生さんが息をのんだのが分かった。

「だめ……？」

護は不安そうな表情で尋ねた。

「……ダメなわけないだろう。俺も……ずっと護のパパになりたかったんだから」

「……ほんとに？　まもるのパパになってくれる？」

桐生さんはあぐらをかいた膝の上に、目を潤ませながらも嬉しそうな護を向かい合うようにのせて、ギュッと抱きしめた。

「ああ。俺は護のパパだ。護とママとパパで家族になろう」

「パパ……！」

「ありがとう、護」

桐生さんにギュッと抱き付く護の姿に、自然と涙がこぼれた。

護が桐生さんを慕っていたのは知っていた。

でも、パパになることを願っていたなんて知らなかった。

「護、俺もママに言いたいことがあるんだ」

「え……？」

ボロボロと涙を流す私に、桐生さんが四角い箱をポケットから取り出して、私の前に差し出した。

箱を開けると、そこにはキラキラと輝く宝石のついた指輪がおさめられていた。

「莉緒、俺と結婚してくれ。莉緒と護を必ず幸せにする」

胸が苦しいぐらいに締め付けられて、上手く言葉にならない。

これ以上の喜びはないというほどに、全身に幸せが蘇ってくる。

「……もちろんです。私と護の家族になって下さい」

桐生さんは優しく微笑むと、私の左手の薬指にそっと指輪をはめた。

「よかった。ぴったりだな」

左手に輝く指輪に、再び涙が溢れた。

「ママなかないでぇ」

心配そうな護に微笑む。

「ママはね、悲しくて泣いてるんじゃないんだよ。嬉しくて泣いてるの」

「莉緒、愛してる」

桐生さんはそう言うと、そっと私の唇にキスをした。

その瞬間、私たちを祝福するかのように綺麗な花火が夜空を飾った。

「わぁぁぁ!! きれー」

親子三人でくっついて夜空を見上げる。

長い長い遠回りの末、私たちは家族になれた。

「護、四歳のお誕生日おめでとう」

私と桐生さんの言葉が重なり合ったとき、一段と大きな花火が上がった。

色とりどりの花火は、今まで見たどんな花火よりも綺麗だった。

きっと、それは護と桐生さんという愛する大切な人が、私のそばにいてくれるからに違いなかった。

「今日は一日ありがとうございました。護もすごく喜んでました」

「次は、水族館に行こう。ペンギンやイルカのショーなんか、護が喜びそうじゃないか?」

「いいですね!」

帰りの車内、助手席に座った私はハンドルを握る桐生さんに微笑んだ。護は桐生さんに買ってもらったクマのぬいぐるみを抱きしめながら、チャイルドシートに体を預けて、ぐっすりと夢の中だ。

「今日は護にとって最高の一日になったはずです」

「でも、ケーキもお祝いも、それらしいことをしてあげられなかったな」

「言われてみれば私も誕生日プレゼントを渡しそびれてました」

車内の冷房を少し緩めると、桐生さんがこんな提案をした。

「じゃあ、明日の夜改めて護の誕生日会をやろう。ケーキは買って帰る。他にも欲しい物があれば連絡してくれ」

「分かりました。あっ、それなら松ちゃんと一誠くんを呼んでもいいですか？　二人に用がなければですけど」

「いいけど、どうしてだ？」

「この間、ご飯を作るって約束してたのにかなわなかったので。あ、でも誕生日会ってなると、色々気を遣わせちゃいますかね……」

「あの松だぞ？　そんな気を遣うはずないだろう。莉緒がいいなら俺は構わない。一応松に声をかけておくよ」

「ありがとうございます」

すると、桐生さんはコホンっと一度咳ばらいをすると、唐突にこう切り出した。

「そういえば、ずっと言おうと思っていたんだが、その敬語もうやめないか？」

「敬語ですか？」

「そうだ。それと、桐生さんっていう呼び方も。もうすぐ莉緒も桐生になるんだし、おかしなことになるだろう」

桐生莉緒と桐生護……。その響きに自然と顔が綻んでしまう。

「確かにそうですね。じゃあ、尊さんって呼びますね」

「尊、でいい」

「……尊さん、で。敬語もすぐにはやめられないかもしれません。癖みたいなものだし」

照れ臭くなりながら言うと、尊さんは「松にはタメ語だろ」と不満を漏らす。

「松ちゃんは私の一つ年下じゃないですか。だから……」

「いや、アイツは莉緒と同い年だぞ」

「えっ!?」

変な声が出た。

「知らなかったのか？」

驚く私に、尊さんは平然と言ってのける。

「だって、松ちゃん、姐さんって……」

「ずっとその言葉を使ってみたかったらしいぞ。だけど、桜夜の女のことは姐さんって呼んでないし、アイツにとっては親近感を持った呼び方なんだろうな」

松ちゃんは気付かぬ私を見て楽しんでいたに違いなかった。まったくもう、松ちゃんめ……!!

「だが、今回は松に色々と世話になったからな。五年ぶりに莉緒を捜し出せたのも、松のおかげだし」

「そうなんですか?」

車は一般道から高速道路の入り口へ向かう。

「ああ。いろんなルートから莉緒を捜してくれたらしい」

「松ちゃんが……」

もしも松ちゃんが私を捜し出してくれなければ、私は尊さんと会えないままだったんだ。

そう考えると松ちゃんには感謝しかない。

車は、ETCゲートを抜けてスムーズに本線に合流した。

「アイツは人捜しのプロだからな。それで、一つ莉緒に提案がある」

「提案、ですか?」

「ああ。莉緒の叔父の初音修造と一度会ってみないか？」

「え……？」

困惑する。

まさか尊さんの口から叔父さんの名前が出るなんて……。

「叔父さんとですか？　でも私、ずっと会ってないし……それに……」

「あの人は、莉緒にとってたった一人の親戚だろう。莉緒が借金を背負わされたということも知っているが、一度腹を割って話してみるのはどうだ？　だが、もし嫌なら無理強いはしない」

尊さんの口ぶりから、人捜しが得意な松ちゃんは、すでに叔父さんの居場所を突き止めているに違いない。

「少し考えさせて下さい」

「もちろんだ。ゆっくり考えてくれ」

私は窓の外に目を向け、灰色の背の高い防音壁をぼんやりと眺めた。

私に百万の借金を背負わせた叔父さんを、私は今も許せていない。

このままずっと会わずにいてもいいと思っていた。

だけど、尊さんの言う通り、私にとってはたった一人の親戚であり、亡くなった父の兄弟だ。

高校生のときは、叔父さんと叔母さん、三人で穏やかに暮らしていたし、楽しいときもあった。高校に通えたのだって、叔父さんが学費を出してくれたから。叔母さんが急に亡くなったことで、叔父さんは変わってしまった。

もし叔母さんが亡くなっていなければ、叔父さんが変わることはなかったかもしれない。

……私は心の底から叔父さんを憎むことはできなかった。

今まで避け続けてきた問題に、ようやく向き合うときがきたのかもしれない。

「それと、籍はいつ入れよう。俺はできるだけ早い方がいいと思っているんだが、莉緒は？」

尊さんの声で、ハッと我に返る。

「ワガママ言ってもいいですか？」

「もちろんだ。莉緒のワガママならいくらだって聞くよ」

「じゃあ、八月八日にしませんか？」

「末広がり、か」

暦の上で大安に並ぶ、縁起のよいとされている日。

「実は、亡くなった両親もその日に入籍していて。一緒にできたらいいなって」

「分かった。じゃあ、八月八日に三人で役所へ行こう」

「……はい！」

しばらく走ると、心地よい車の揺れに瞼が重たくなってくる。

「事故渋滞みたいだな」

テールランプが無数に連なる車列に追い付き、尊さんはブレーキを優しく踏み込んだ。

「今日は疲れただろ？　着いたら起こすから少し寝た方がいい」

「大丈夫です！　尊さんだって疲れたでしょう？　運転までしてもらってるのに寝ているわけにはいきません」

「無理しなくていい。俺にはどんどん甘えてくれ」

「でも……」

「それに俺はパパだからな。ちゃんとお前たちを家まで送り届けるから、安心して休んでくれ」

前方車のブレーキランプに照らされた尊さんの顔は、分かりやすく緩んでいた。

「それ、パパって言いたかっただけですよね？」

「だったらなんだ」

からかうとむくれる尊さんが可愛くて、私はふふっとはにかむ。

「じゃあ、お言葉に甘えて少しだけ……」

「ああ。おやすみ」

目をつぶると、すぐに意識が遠のいていったのだった。


「やっべー！　超美味い。姐さんの作る飯、やっぱ最高っすわ!!　世界で一番、いや、宇宙で一番っす!!」

「そこまで露骨に褒められるとわざとらしいなぁ」

「いやいや、マジっすから！」

翌日の夜、松ちゃんと一誠くんを招いて護の誕生日会を開いた。壁面にはハッピーバースデイのペーパークラフトとペーパーフラワーで飾りつけをして、天井には様々な色のバルーンを吊した。

主役の護は、一誠くんが来てくれたことをとても喜んでいた。

三角のパーティ帽子を被って終始ご機嫌な護を見ていると、私まで嬉しくなる。

尊さんが買ってきてくれた苺ののった大きなホールケーキとオードブルに加え、護の大好きなハンバーグとポテトサラダ、そして松ちゃんの好物の筑前煮などあれこれ作ってみた。

用意した食事をすべて平らげると、護と一誠くんは松ちゃんにプレゼントしてもらったボードゲームで仲良く遊び始めた。

食事を終えた松ちゃんは、ダイニングの背もたれに体を預けてお腹を摩りながら口を開いた。

「あっ、そうそう。姐さんって変な男とトラブルになってたりしません？」

松ちゃんの言葉に私と尊さんは目を見合わせた。

「どうして？」

「さっきマンションの前行ったり来たりしてた男がいたんで、声かけてみたんっすよ。そしたら、このマンションに初音莉緒っていう女性が住んでるかって聞かれて」

背筋がひんやりと冷たくなる。それって……、まさか。

「もちろん、知らないって答えときましたけど、逆に聞いたんっすよ。その人がどうかしたんすかって」

「そしたら、そいつはなんて言ってたんだ」

尊さんが険しい顔で聞き返す。

「僕の子がどうとらこうとら言ってて、全然話嚙み合わないんで、そのままマンションに入ってきちゃいました。なんかアイツ、やべぇ目してましたけど、大丈夫っすか？」

松ちゃんの言葉で確信する。護を自分の子だという人間は一人しかいない。

「そいつは莉緒の元カレだ。莉緒が今、現在進行形でストーカー行為にあってる」

「ま、マジっすか!? 姐さんにストーカーするなんて怖いもの知らず……じゃなくて、ぶっ飛ばしとけばよかったっすね！ すんません」

「マンションにまで現れるなんて、ストーカー行為がエスカレートしてきているな」

尊さんの言う通りだった。良太の行為は間違いなく悪化してきている。

「早めに手を打とう。莉緒と護には指一本触れさせたりしない」

尊さんに励まされながらも、なにをするか分からない良太に対して不安は募り続けた。

松ちゃんと一誠くんが帰ったあと、尊さんが白い封筒を私に差し出した。

「実は今日、ＤＮＡ鑑定の結果が届いたんだ」

目の前の封筒にごくりと唾を飲み込む。

「一緒に見よう」

「それなぁに？」

「パパと護に関する大切な書類だよ」

「ふぅん」

意味が理解できていない護は、リビングの床に電車を並べて遊び始めた。

「なんか緊張してきてしまいました……」

「緊張する必要なんてないだろ」

もちろん、護の父親は尊さん以外にありえないけど、どうしたってドキドキしてしまう。

封筒を丁寧に開けて書類を取り出すと、私と尊さんは息をのんで書類を見つめた。

『私的ＤＮＡ型父子鑑定結果報告書』の文面に釘付けになる。

そこには、尊さんと護が生物学的父親と判定できると記載されていた。

「よかった……」

ホッと息を吐く私とは対照的に、尊さんの反応が薄い。

「よし。これでいい」

「へ？　あの……もっと喜んだりとか、ないんですか？」

「だって、護は俺の子だって分かっていたことだろう」

尋ねると、尊さんは当たり前のように言う。

「これは俺が預かっておいてもいいか？」

「もちろんです」

尊さんは再び封筒に戻すと、大切そうにビジネスバッグにしまった。

DNA鑑定をしようと言ったのは尊さんの方なのに、ずいぶんあっさりしていてなんだか拍子抜けする。

「すまないが、少しやることがあるから、今日の護のお風呂は代わってもらってもいいか？」

「分かりました。お仕事頑張って下さいね」

書斎へ行く尊さんを見送ると、私は護に声をかけてお風呂場に向かった。

「護と一緒にお風呂入るの久しぶりだね」

「うん!!」

「でも、タオルはお湯の中に入れちゃダメよ」

浴槽にフェイスタオルを持って入る護を注意すると、きょとんっとした顔をする。

「くらげつくるんだよ」

「くらげ？」

護は、浴槽に浮かべたタオルに空気を入れて膨らませた。

丸いタオルのくらげを握ると、ブクブクと泡が出た。

「ねっ？」

「ああ、そういうこと！　誰に教えてもらったの？」

「パパ！」

尊さんの書斎の本棚に、育児本関係の物が日々増えていることを私は知っていた。

きっと色々な知識を得ては、護に伝えてくれているんだろう。

さすが、尊さん。

「パパとはいつもこうやって遊んでもらってるの？」

「うん!!」

「護はパパが好きだね」

「だいすきだよ」

「そっか。ママも大好き」

護は男の子だし、いつまでこうやって一緒にお風呂に入れるんだろう。

成長が楽しみな反面、ちょっぴり寂しかったりもする。

贅沢な悩みは尽きない。

「ねぇ、それママにもやらせて！　もっと大きいの作るから!!」

久しぶりのお風呂に、私は張り切って護と遊んだのだった。


翌朝、護を保育園に連れて行く。

「おはようございます。今日も暑いですねぇ」

朝だというのに太陽の日差しは強く、肌をジリジリと焼かれているみたいだ。

「おはようございます。今日も暑くなる予報ですね。こういう日は冷たい物を食べたくなりますね」

「ぼくも！　きょうパパにアイスかっていってあげよー」

護の言葉に七海先生が「あのっ……」と窺うような目を向けた。

「もしかして、護くん……パパできました……？」

「ああ……はい。ちょっと事情がありまして、護の実の父親と近々籍を入れる予定です」

「そうだったんですね！　おめでとうございます」

「ありがとうございます。なんか、照れますね」

困ったように笑うと、七海先生はにっこりと笑った。

「前に初音さんから、護くんが誕生日プレゼントに欲しい物を知っているかって聞かれたじゃないですか。あのとき、護くん『パパがほしい』って言ってたんですよ。でも、差し出がましいかなと思って言えなくて」

「ああ～、そうだったんですね。護も教えてくれなかったので、気になっていたんですよ」

「すみません、でも護くんにとってはこれ以上なく嬉しいプレゼントですね」

護がそんなことを言っていたなんて……。

「それに、護くんの口からパパって言葉がたくさん出るので、他の保育士も気になっていたみたいで。ようやく納得がいきました」

笑顔で話す七海先生だけど、横の繋がり恐るべし。

子供の口から、家庭事情は保育園に筒抜けになっているようだ。

保育園を出ると、私は自転車にまたがった。

今日も長い一日が始まる。

「……あれ……？」

就業時間を迎え、着替えを済ませて裏口から出たとき、ポケットの中のスマホが震えた。

電話は保育園からだった。

「もしもし、初音です」

『すみません、突然お電話して。あの、ちょっと確認したいことがありまして』

七海先生の声はなぜか困惑している。

「確認ですか?」

『実はさっき、護くんのお父さんだと名乗る男性が保育園に来まして……』

「え?」

スマホを持つ手に力がこもる。

尊さんは今朝、そんなことを言っていなかった。

もし変更があれば、必ず私に連絡をくれるはずだ。

「あの、それで?」

『家族以外の方が迎えに来ても、お子さんを渡せない決まりになっているとお伝えしたら、お母さんの承諾はとってあるとおっしゃって……』

「あ、あの!! その人は護の父親ではありません!! 絶対に護を渡さないで下さい!!」

『えっ、その人は……護くんのお父さんじゃないということですか？』

「すみません、色々と事情があって……。でも、その人は護とは全く関係のない人なんです」

『そうなんですね……今もその男性、保育園の外で待っているんです……』

混乱している様子の七海先生に私は、男になんて言われようと従わないで欲しい。護を室内の安全な場所で見守っていてもらいたいとお願いした。

保育園に来たのは良太だ。

病院やマンションに来るだけでは飽き足らず、保育園にまで行くなんて……。

常軌を逸した行動に寒気がする。

『分かりました。絶対に護くんは渡しません』

「ありがとうございます。私、今から急いで迎えに行きます」

どうしよう……。良太の行動はもう私の手には負えない。

慌てて自転車を走らせようとしてからハッとする。

まだ保育園の外には良太がいる。護を迎えに行けば、良太と会うことは避けられない。

もしも護になにかされたら……。

不安定になっている良太はなにをするか分からない。

私はしまったスマートフォンを再び手に取り、耳に当てた。

「もしもし、尊さん？　護の保育園に――」

私は真っ先に尊さんに助けを求めた。

＊＊＊

「大丈夫だ。俺が今すぐ保育園に向かう」

莉緒から連絡を受け、バッグを掴み事務所を飛び出すと、慌てて車を走らせる。

電話越しの莉緒は切迫した様子で、その声は焦りからか酷く震えていた。

人に頼ることの得意でない莉緒が、必死の思いで俺に助けを求めてきた。ようやく莉緒に頼ってもらえる存在になれたと嬉しく思う反面、護に危害が加えられる可能性を考えると手放しで喜べなかった。

莉緒が元々住んでいたアパートや勤務先の病院、そして今住んでいるマンション。そして、ついには保育園にまで姿を現した。

男がまだ保育園のそばにいると莉緒に聞き、俺は保育園のそばに車を停めて歩いて保育園へ向かった。

門の前には挙動不審な男がいた。

ひょろっとした体形の色白の男。門の隙間から必死の形相で、園庭にいる子供たちに視線を送っている。

見るからに不審な男に近付いて行き、声をかける。

「こんにちは。お迎えですか？」

すると、男がギョロッとした目を俺に向けた。

「突然すみません。私もこの保育園に子供を預けているんです」

警戒されないように保護者を装って男に接触を図る。

「ああ……」

すると、男の視線が俺の胸元の弁護士バッジに注がれた。

「弁護士……？」

「ご挨拶遅れました。私、こういうものです」

俺はすかさず取り出した名刺を男に差し出した。

「ずいぶん熱心に保育園を見ておられましたが、なにかありましたか？」

「それは……」

男が言いよどんでいるところに畳みかける。

「なにかお困りのことがあれば相談に乗りますが」

できる限り丁寧な口調で言うと、男が食いついた。

「あなた、弁護士なんですよね？　だったら――」

「ここではなんですので、少し離れましょうか」

ひとまず保育園から離れた場所に、男を連れて来る。

俺の狙いに気付かない男は、すがるような目を向けた。

「実は、数年前に別れた元カノが、僕の子を産んでいたと最近知ったんです。その子が、あの保育園に通う男の子です」

「なるほど。それで……？」

護はお前の子ではなく俺の子だという言葉が喉元までせり上がり、それを必死に抑える。

「うちの父は病院を経営しています。だから、元カノと結婚してその子をうちの跡取りにって考えています。男の子だったからちょうどいいんですよ」

「ちょうどいいというのは？」

「やっぱり跡取りといったら男の子でしょう。正直、元カノの子が女の子だったとしたら、彼女と復縁して結婚しようとまでは考えなかったかもしれない。それに……」

「その発言は容認できません。女性を軽視する発言はやめて頂きたい」

俺が睨み付けると、男は嘲るような笑みを浮かべた。

「ははっ、さすが弁護士さん。やっぱりそういうところは厳しいんですね」

目の下が怒りで引きつる。

今すぐこの場でこのクソ野郎を張り倒して、ボコボコにしてやりたい気持ちをぐっと我慢する。

「元カノ、すごい強がりなんです。だから、五年ぶりに再会したときも冷たく突き放されちゃいました。病院の跡取りの子を産めて本当は嬉しいはずなのに、素直じゃなくて」

「それはあなたの勝手な決めつけではないんですか？」

男はへらっと笑いながら続けた。

「まさか！　五年前に僕と付き合ったのだって玉の輿の為なんです。付き合ってるときも、彼女が僕を好きだと感じたことは一度もない。彼女が僕に求めていたのは金なんだ」

男はハァと深いため息をついた。それすら癪に障り、バッグの持ち手を破壊してしまいそうなほど強く握る。

「僕の大切な息子がボロアパートで暮らしているなんて耐えられません！　さらには、教育に力を入れていない下級層ばかりいる保育園に通わせるなんてありえない。早くなんとかしないと。今は誰かの協力で高級マンションで暮らしているみたいですけど、彼女のような感覚の人間に息子は任せられませんよ」

「あなたの基準はすべて金ですか？」

「そりゃそうです。それに、付き合う人のレベルも考えてもらわないと。アパートのあんな年寄り大家と仲良くするなんて言語道断だ」

沸々と湧きあがる怒りは、もうとっくの前に抑えがきかなくなっていた。

これ以上、護を息子などと呼ばれたくない。

「それで、あなたは弁護士なんですよね？　彼女と息子を取り戻す為に力を貸してもらえませんか？　金ならいくらでも払いますから」

ヘラヘラと笑う男を、俺は冷めた目で見下ろした。

「できるわけがないだろう」

俺の言葉に、男の顔から途端に笑みが消え失せる。

「な、なんだって？」

「お前が、彼女やその息子にやっている付きまとい行為は犯罪だ」

「なっ……」

「今すぐ付きまといをやめろ。そして、二度と俺の子を息子などと呼ぶな」

「俺の子……？」

「莉緒と護は今、俺のマンションで暮らしてる。もうすぐ籍も入れる。お前に入り込む余地などない」

俺はバッグから取り出したＤＮＡ鑑定書を男に突きつけるように差し出した。

書類を持つ男の手がだらしなく震える。

「そんな……まさか……。護くんは僕の子じゃないのか……!?」

「さっきから俺の子だと言っているだろう。お前も医師なら、これの意味が分かるはずだ」

「そんな……。嘘だ……」

顔を歪めて頭を抱える男。

「もしこれに納得ができないようなら、内容証明を送る。そのうえで、民事上での接近禁止命令を申し立てることになるだろう。アンタがストーカー行為を働いていることが、家族に知られることになる。それでも、まだ彼女に付きまとうか？」

男は頭を垂れて観念した。

「両親には……言わないでくれ。バラされたら僕は……」

「兄のお前ではなく、弟が病院を任されることになるだろうな？」

「そんなことまで知ってたのか……？」

愕然とした表情で男は唇を震わせた。

「ああ。だから、バカなことは考えない方がいい。そっちが不利になるぞ」

俺はプリントアウトしてきた誓約書を男に差し出した。

「書け。そして、二度と二人に近付かないと約束するんだ」

よっぽど家族にこのことがバレるのを恐れているのか、男は素直にサインをした。

「もう……付きまとうのはやめる。だから、両親にこのことは言わないでくれ……。頼む……」

男の顔は涙だか鼻水だか分からないもので濡れていた。俺は男を冷めた目で見下ろす。

「分かった。その代わり、お前も約束を守るんだぞ？」

誓約書を受け取り、バッグに収める。

「それにしても、本当にバカな男だ。あんなにいい女をみすみす手放すなんて」

俺の言葉に男は顔を歪める。

「だが正直、アンタには少し感謝してる。五年前のあの日、俺はお前のおかげで莉緒に出会えたんだからな。そして、莉緒は俺の息子を産み育ててくれた」

こいつが莉緒を手放してくれていなければ、俺は莉緒と出会うことはなかった。

そうなれば護にも会えなかったということ。

「莉緒と護は必ず俺が幸せにする。だから、お前も前を向いて生きろ。いいな」

男はなにも言わずに、そのまま背中を丸めて歩き出した。

「もし万が一また二人に手を出そうとしたら、今度は警告では済まさない。容赦なく徹底的に追い込んでやるから覚悟しろよ！」

俺の声に反応して、男がビクッと肩を震わせた。

恐る恐る振り返った男を鋭く睨み付けると、男は逃げるように駆け出した。

男の姿が見えなくなり、莉緒に電話をかけようとしたとき、「——尊さん!!」と莉緒の声がした。

「パパー!!」

二人の乗った自転車が俺の前までやって来る。

「護！　大丈夫だったか？」

「パパだっこぉ!!」

自転車の後ろにいた護のベルトを外して、ギュッと抱き上げる。

「ちょうど今、電話しようとしてたんだ」

「護は大丈夫です。あの……それで……」

莉緒は心配そうにキョロキョロと周りを見渡した。

「そのことはもう心配いらない。ＤＮＡ鑑定の結果も見せたし、もう護を自分の子だと言ってくることはないだろう」

「よかった……」

安堵したように息を吐いたあと、莉緒が尋ねた。

「尊さんがＤＮＡ鑑定しようって言ったのって、もしかして……」

「あの男に見せる為に決まってるだろ。他になにがある？」

「ああ、いえ!!」

慌てたように誤魔化す莉緒に首を傾げる。

「尊さん、本当にありがとうございました」

「いいんだ。俺の方がずっと気になっていた問題だからな。解決できてホッとしてる」

俺は護の顔を見つめて頭を撫でた。

「護、ごめん。パパはまだお仕事が残ってるんだ」

「そうなの？」

「ああ。でも、できるだけ早く帰るよ」

名残惜しい気持ちを堪えて、莉緒に護を託す。

「じゃあ、またあとで。なにかあったらいつでも連絡くれ」

「パパがんばってね」

「気を付けて下さいね」

「ああ。行ってくる」

仕事にも張りが出る。

これもきっと莉緒と護がいるから。

家族の為なら俺はいくらでも頑張れる。

家族の温かさを知らなかった俺はもういない。

莉緒と護という大切な家族と一緒に、これからもずっと温かい家庭を築いていこうと誓った。

# エピローグ　永遠の愛

八月八日の今日、私たちは保育園に護を迎えに行ったあと、家族三人で婚姻届けを役所に提出して、晴れて夫婦になった。

時間はかかったけど、遠回りした分、喜びもひとしおだった。

入籍日くらい夫婦水入らずゆっくりしなよという美子の計らいで、護は美子の家にお泊まりすることになった。

護は、以前遊びに行った美子の家をとても気に入っていて、お泊まりできると大喜びだった。

昔は人見知りに場所見知りまでした護。ずいぶん大きくなったんだなとしみじみ思う。

護を美子の家に預けたあと、一度家に帰ってからいつもより気合の入ったメイクを施しておめかしをする。

準備を終えて尊さんとやって来たのは、普段は絶対に行かない高級ホテルの中のレストランだった。案内されたのは一番奥の窓際の席。輝くような夜景を見ながらの食事に、胸を躍らせる。でも、やっぱりふとした瞬間に、護のことを考えてしまう。

「護がいないと不思議だな」

「本当ですね。護なにやってるかな……」

それは尊さんも同じだったようだ。

でもきっと、護は美子の家で楽しく遊んでいるに違いない。私は美子と護に心の中でお礼を言った。

「美味しい……！」

お洒落なお皿に綺麗に盛り付けられた牛肉を口に含むと、あっという間にとろけてしまう。

口の中いっぱいに肉汁が広がり、思わず顔が緩む。

「今日は特別な日だし、莉緒に喜んでもらえてよかった」

尊さんは満足げに目を細めると、私をジッと見つめた。

「それにしても、今日の莉緒は一段と綺麗だな」

この日の為に尊さんに買ってもらった、淡いパープル系の透け感のあるシアー素材のロングワンピース。

普段は一つ結びばかりの髪の毛も気合を入れて編み込んでアップスタイルにした。

さらに、メイクもワンピースに合わせて少し煌びやかにしてみた。

オシャレをして自分を着飾るなんて、ママになってから一度もない。

でも、たまにはこういうのもいい。

尊さんとのデートの準備をしているとき、鏡に映る普段とは違う自分の姿に、なんだかトキめいた。

自分の中にまだ女性としての部分が残っていたんだと、くすぐったい気持ちになる。

「それは、今日だけです」

尊さんの言葉に苦笑いを浮かべる。

「いつもTシャツにジーンズですからね。本当は普段からもっと綺麗めな格好をしようとは思ってるんですけど、どうしても動きやすさ重視になっちゃって」

「子供がいればそうなるだろう」

「でも、やっぱり気にはなりますよね……。もっと女性らしくしなくちゃいけないかなって」

「そんなこと気にしないでいい。どんな格好をしていようが莉緒は莉緒だ。俺はどんな莉緒だって好きだ」

ワインを傾けながら微笑む尊さんの笑みに、心臓が早鐘を打つ。

「前と全然違う……」

私の呟きはばっちり耳に届いたみたい。

「前とって、五年前とか？」

「ずっと聞きたかったんですけど……、この五年で誰かとお付き合いして女性の扱いが上手くなったんですか……？」

尊さんは、まるで人が変わってしまったみたいな変貌ぶりだ。

五年前に初めて会ったとき、尊さんは私にお金を放り投げるような男性だったというのに……。

「まさか。俺は莉緒と離れてから誰とも付き合っていない。正直、司法試験の勉強やらで忙しくてそんなことにうつつを抜かしている暇は一切なかった」

「だったらどうして……そういう……甘いセリフを言えるようになったんですか？」

ちょっぴり恥ずかしくなりながら聞くと、尊さんはふっと笑った。

「ああ、そういうことか。俺は五年前に莉緒を失ってから、言いたいことは全部言葉にして伝えるって決めたんだ」

「でも、それじゃ私の心臓が持ってくれそうにありません！」

「なんでだ？」

「だって、嬉しくて……。結婚したっていうのに……私いまだに尊さんの言葉にドキドキしちゃうんです」

「別に夫婦になったからって、ドキドキしちゃいけない決まりなんてないだろう」

尊さんは優雅にワインを口に含む。

「俺はずっと莉緒をドキドキさせたい。それに、夫婦にも刺激が大切だからな」

尊さんが意味ありげにニヤリと笑う。

その妖しい笑みに、私の心臓はさらに高鳴るのだった。

「——莉緒」

ホテルの最上階にあるスイートルームに入ると、尊さんは私をきつく抱きしめた。

二人で過ごすには広すぎる室内には、ハイセンスなインテリアが置かれている。

「まっ……シャワーを浴びさせて下さい」

「ダメだ。待てない」

雪が崩れ込むように、ふかふかのキングサイズのベッドに私を押し倒して上から見下ろす尊さん。その背後の天井には煌びやかなシャンデリアが吊り下げられている。

「莉緒が俺の妻だなんて今も信じられない……。ようやく俺だけのものになったんだな……」

「桐生莉緒……。ふふっ、まだ慣れませんね」

「早く慣れてくれよ、奥さん」

二人の唇が静かに重なり合う。ついばむようなキスから徐々に深いキスになり、私は尊さんに身を委ねる。

「んっ……」

弱い部分を的確に刺激されると、自分のものではないような甘ったるい声が漏れる。

「そんな可愛い反応されると、止まらなくなる」

指を絡めながら、何度も甘い言葉を耳元で囁かれた。

「愛してる」

「私も……尊さんを愛しています」

目が合うと再びキスの雨が降る。溶け合うような甘いキス。

目に見えない深いところで、お互いが結びついていることを確認するようなキスだった。

情熱的な夜に、身も心も満たされたのだった。

残暑も衰えかけた、九月の半ば。ようやく風が爽やかに感じられるようになった。

家族三人の生活にもすっかり慣れて心の余裕が生まれた私は、叔父に会う決心を固めた。

近くの喫茶店に入り、叔父がやって来るのを待つ。護は松ちゃんに預けている。

きっと今頃、一誠くんと楽しく遊んでいるに違いない。

「大丈夫か？」

落ち着かない様子の私を、尊さんが心配そうに見つめる。

「はい。いつかは向き合わないといけないことなので……」

息を吐き出して気持ちを落ち着かせていると、店の入り口に見覚えのある顔を見つけた。

「叔父さん……」

思わず立ち上がると、叔父さんは私を潤んだ目で見つめた。

「……莉緒……」

しばらく会わなかった間に、小太りだった叔父さんはずいぶん痩せてしまっていた。

「急に遠方からお呼び立てしてすみません。どうぞこちらへ」

尊さんに促されてテーブルにつくなり、叔父さんは私を見た。まるで別人のような叔父さんに困惑していると、叔父さんがテーブルに両手をついた。

そして、額がくっついてしまいそうなほど深く私に頭を下げた。

「……本当にすまなかった。俺が姿を消したあと、莉緒がどんな目にあったのか話は全部聞いている」

以前は真っ黒だった髪の毛のほとんどが、白髪だった。

「叔父さん……、顔を上げて」

私の言葉に、叔父さんがゆっくりと顔を持ち上げた。

目が合い、私は尋ねた。

「どうして借金なんてして逃げたの？」

叔父さんには聞きたいことも言いたいこともたくさんある。

「こんなこと言っても今さら言い訳になるが、妻の秋絵《あきえ》を突然の交通事故で亡くして……俺はおかしくなっていたんだ。仕事にも行けなくなって酒とギャンブルに溺れて貯金も全部使い果たしてしまった。それで、あの日……パチンコ屋で金を貸すという男と出会った」

「それが……國武組の人間なの？」

「ああ。あの日、甘い言葉につられて三万借りたら、十日後には五割も金利が上乗せされた金額を要求されてな……。三万をすぐに返してこれ以上払えないと訴えると、恫喝されるようになったんだ」

　テーブルの上の叔父さんの手が小刻みに震える。

「そんな……」

「トゴといわれる違法金利で、相手が絶対に完済できない金額まで膨れ上がらせるのが常套手段だ」

　尊さんの言葉で、ようやく叔父さんが置かれていた状況が理解できた。

「相手がヤクザだと知って、病院で働き始めた莉緒に迷惑がかかることを俺も恐れたんだ。だが、莉緒はうちを出て一人暮らしを始めているし、俺との関係も知られていないと高をくくっていた」

　叔父さんは声を震わせる。

「心苦しかったが、俺は莉緒に黙って姿を消すことにした。そうすれば莉緒に迷惑をかけずに済むと思っていたから……。だが、まさか俺が借りた三万のせいで、莉緒が百万も払っていたなんて……」

　叔父さんはバッグの中から厚みのある封筒を取り出し、私の前へ差し出した。

「本当にすまなかった……。受け取ってくれ」

私が知らない間にたくさんの苦労をしてきたのかもしれない。叔父さんの手の甲には六十代と思えぬほどに深い皺が刻み込まれていた。

「これって……」

「莉緒と離れてから、仕事にも就いてなんとか生活を送っている。それで貯めた金だ。百万入ってる。本当に悪かった……」

叔父さんの言葉に胸が熱くなる。

確かに叔父さんのせいで、私はたくさん辛い思いをしてきた。だけど、親戚の家をたらい回しにされていた私に、手を差し伸べてくれたのは叔父さんだった。

『俺が莉緒を引き取ります。妻と三人で一緒に暮らします』

叔父さんはそう言って私に微笑んだ。

『これからは三人家族だ、仲良くやろうな?』

白い歯を見せて笑った叔父さんの顔を、今も記憶している。

叔父さんが変わってしまったのは、叔母さんを事故で亡くしてからだ。

あんなによく笑う人だった叔父さんが笑わなくなり、お酒に溺れるようになった。

愛妻家だった叔父さんが、叔母さんを亡くしてから精神的に参っていたのは間違いなかった。

一緒に暮らした時間、私は叔父さんと叔母さんに大切にされていると実感できた。

だから、叔父さんが私を捨てていなくなったとき、酷くショックを受けて絶望した。

たった一人しかいない家族をまた失ってしまったと。

でも、叔父さんが音信不通になった理由が今、ハッキリと分かった。

「これは、叔父さんが使って」

私は封筒を両手で押し返した。

「いや、これは受け取ってくれ」

「ううん、受け取れない」

「莉緒……」

「私はずっと、借金を押しつけて逃げた叔父さんのこと、すっごく恨んでた。でも、今日そうじゃなかったって分かったの。それに、高校三年間、叔父さんは私の面倒を見てくれたじゃない」

叔父さんは、私を捨てたわけでも、借金を押しつけたわけでもなかった。

黙って姿をくらましたのだって、私の身を案じてのことだったんだ。

「大したことはしてないよ。俺は仕事ばかりで、莉緒のことはほとんど妻が……」

「でも、私を引き取って一緒に生活してくれた。家族になってくれた。だから、もういい。私は叔父さんを許すよ」

私の言葉に、叔父さんの顔がみるみるうちに歪み、目から大粒の涙が溢れ出した。

それにつられて、私の目頭も熱くなる。

私たちは洟をすすりながら涙を流した。

叔父さんとのわだかまりがなくなったことが、私にとってなにより嬉しいことだった。

しばらくして落ち着くと、尊さんが切り出した。

「実は、國武組の川島から莉緒が払った百万円は取り返しています。また、今後一切あなたと彼女に近付かないという念書も書かせました」

あれから、尊さんは法律を駆使して川島を追い詰め、百万円を取り戻して私に返してくれた。

「そうだったんですね……。よかった……。本当にありがとうございます」

叔父さんは目頭に涙を浮かべながら、尊さんにお礼を言った。

「いえ。ですので、そちらはお納め下さい」

叔父さんは渋々、封筒をバッグに戻した。

頼んだホットコーヒーはとっくに冷え切ってしまった。叔父さんはそれを口に含むと、寂しそうに笑った。

「……もう二度と莉緒には会えないと思ってた。今日で最後だと思うが、元気でな。お子さんのことも大切にするんだよ」

私は小さく首を横に振った。

「最後じゃないよ」

「え？」

「結婚式に来てもらわなくちゃ。私も尊さんも他に親族がいないの。だから、叔父さんは絶対参加！　バージンロードを一緒に歩いてもらわなくちゃいけないんだし」

叔父さんはギョッとしたように目を丸くした。

「そ、そんなの俺にはできないよ」

「できないじゃなくて、やってもらうから」

「でも……」

タジタジになる叔父さんに、私はにっこりと笑った。

「招待状送るから連絡先教えて？　今度、息子の護連れて叔父さんの家に遊びに行くね」

「……ありがとう、莉緒」

叔父さんは嬉しそうにはにかむ。

尊さんと松ちゃんがいなかったら、きっと叔父さんを捜し出すことはできなかったはずだ。

こうやって向き合ってお互いの気持ちを伝え合い、ようやく長年のわだかまりが解けた。

「叔父さん、お昼まだでしょ？　一緒に食べよう」

「いや、だが……」

遠慮する叔父さんの前に、尊さんが有無を言わさずメニューを広げる。

「一緒に食べましょう。莉緒の高校生のときの話をぜひ教えて下さい。例えば、男との交際関係とか」

尊さんが目を光らせる。

「ああ、莉緒は高校生のとき……」

「なっ!!　叔父さん、やめて!!　尊さんもそんな昔のこと聞かないで下さい!!」

「なんだ、聞かれたらマズいことがたくさんあるのか？」

「別にそういうんじゃないですけど……」

「じゃあなんで慌ててるんだ⁉　さては、俺に知られたくないことがあるんだな？」

私が慌てるのを見て、尊さんはちょっぴり複雑そうな表情を浮かべたのだった。


入籍した日から一年が経ち、私のお腹には新たな命が宿った。

『あっ、今日はバッチリ見えましたよ。女の子ですね』

性別が分かる時期に入っても、手で隠してしまったり角度が悪かったりで、なかなか判別できなかった。

今回も空振りかもとあまり期待をせずに行くと、先生にそう告げられた。

「女の子か……」

定期健診でそう告げられてから、尊さんはずっと上の空。

今もリビングのソファに座り、そう呟いては嬉しそうに顔を緩ませている。その膝の上には少し前に買った妊婦向けの雑誌が広げられている。

「いや、兄貴その顔ヤバいっすよ。怒んないで聞いて欲しいんっすけど、デレデレでキモいっす」

一誠くんを連れて我が家に遊びに来ていた松ちゃんが、呆れたように言った。

「……あ？」

「ははっ、冗談っすよ。でも、そんな怖い顔してたら『パパこわ～い！』って娘ちゃんに嫌われますよ？」

「……確かにそうだな。怖がらせたら可哀想だ。そういえば、この雑誌に書いてあったんだが、父子教室というものがあるらしい。俺も参加できるのか？」

尊さんが雑誌を指差しながら尋ねた。

「もちろんです。保健福祉センターで定期的に開催しているみたいです」

「あ、俺知ってるっす！　妊婦体験とかいって、腹になんか重たいやつつけるんっすよね？」

「うん。そういうのもやるし、赤ちゃんが生まれてからのおむつ替えとか、沐浴の練習もするみたいだよ」

「そうか。今後の為に参加するのもありか……」

「え、てか兄貴、みんなの前で腹にでっかいのくっつけて妊婦体験するんすか？」

「ああ。男の俺には莉緒の大変さが分からないからな。経験したからこそ分かることもあるだろう」

尊さんの言葉に、松ちゃんがケラケラと大笑いした。

「いや、マジ偉いっす!!　でも、俺想像しただけで無理っすよ！　だって元若頭の兄貴が妊婦……あははは!! 最高の父っすわ!!」

「ふんっ、勝手に言ってろ」

松ちゃんにからかわれて、ムッとしたように顔を背ける尊さん。

それと同時に、護と一誠くんがリビングに飛び込んで来た。

「みてみて～」

「護、おいで」

護を抱き上げる尊さんに、そっと近付いて行く。

「なんの絵を描いたの？」

「かぞく！ パパとママと、まもるとあかちゃん！」

クレヨンで描かれた絵の中で、ニコニコ笑顔の私たち。

「家族四人か」

「上手に描けたね。すごいよ、護」

「ふふふ。はやくあかちゃんにあいたいなぁ」

「もうすぐ護もお兄ちゃんだね」

尊さんの膝の上にいる護の頭を撫でながら微笑む。

それを見ていた松ちゃんが、対抗するように一誠くんをギュッと抱きしめる。

「ちょいちょい、そっちだけなんかふわっとした楽しそうな世界に入るの、やめてもらっていいっすかね？　でも、桐生家が幸せそうでなによりっすけど」

松ちゃんの言葉でハッとして、私たちは目を見合わせて笑い合う。

ずっと、こうやって笑顔の絶えない家庭にしよう。

「ああ、今の俺は最高に幸せだ」

「私もです」

「ぼくも～！」

尊さんは護を抱きしめながら私に優しく微笑みかけ、大きな手で私のお腹をそっと撫でたのだった。


【END】

# 番外編　幸せな結婚式

ジューンブライド。六月の花嫁は幸せになれるという言い伝えがある。昨日までの荒天から一転し、良く晴れて穏やかなこの日、私と尊さんの結婚式が執り行われた。

ウエディングドレスの上から、わずかに膨らんだお腹をそっと撫でる。

私のお腹の中には、新たな命が芽生えていた。まだ体形に大きな変化はないものの、スタッフの計らいで体に負担の少ないインナーを用意してもらい、ヒールの低いウエディングシューズを履くことになった。

「護、一誠くん、よろしくね」

フラワーボーイを頼んだ二人に声をかける。少しソワソワしている黒いタキシードの護と、グレーのタキシードを着こなし、落ち着いた様子の一誠くん。

けれど、一番の心配は私の隣でガチガチに緊張している叔父さんだった。

「叔父さん、大丈夫？」

入場の時間が迫り、叔父さんに声をかける。

「ああ、なんとかね」

モーニングスーツに身を包んだ叔父さんは、大粒の汗をハンカチで必死に拭った。

このままでは手と足を同時に動かしかねないと少し心配になる。

スタッフの指示でチャペルの扉の前まで移動すると、私は叔父さんと腕を組んだ。

「莉緒、幸せになるんだよ」

「うん」

叔父さんの言葉を合図に、チャペルの扉が開かれた。

祭壇の前には、私を待つ尊さんがいた。

先頭を歩く護と一誠くんが、バージンロードに花を撒く。

小さく息を吐くと、私たちは一歩一歩ゆっくりとバージンロードを歩き始めた。

ステンドグラスの優しい光に包まれたチャペルに、パイプオルガンの幻想的な音色が響く。メイク崩れなどお構いなしに、涙で顔をぐちゃぐちゃにした美子に微笑む。

続けて松ちゃんの姿が飛び込んできた。松ちゃんは美子以上の号泣だった。ハンカチを握り締めながら嗚咽交じりに泣く松ちゃん。他の参列者は、お互いの職場関係の人たちと大家さんだけのこぢんまりとした結婚式だ。

あんなに緊張していた叔父さんは、見事に私を尊さんの元までエスコートしてくれた。

尊さんと腕を組む。白いタキシード姿の尊さんがあまりにも素敵で胸がキュンっと高鳴る。私と尊さん、それに護。家族三人が揃って祭壇に上がると、大切な人たちに見守られながら永遠の愛を誓い合った。

そして、誓いのキスを迎え、私と尊さんは予定通りに護を間に挟むと二人同時に護の頬にキスをした。少し驚いたように目を丸くすると、護は照れ臭そうに頬に手を当ててはにかむ。可愛らしいその姿がたまらなく愛おしい。

護のその笑顔につられて、私と尊さんの顔も自然と緩んだ。

すべてが滞りなく終わった。

ホッとして控室に戻り鏡の前まで歩み寄った直後、扉が開いた。

「尊さん……」

尊さんは私の元へ歩み寄ると、背後から腕を回してギュッと私のことを抱きしめた。

「疲れただろ。体は平気か？」

「大丈夫です」

「それならよかった……。やっと二人きりになれたな」

耳元で甘く囁かれて、心臓が飛び跳ねる。

「綺麗だ、莉緒」

鏡越しに尊さんと目が合う。

オーダーメイドの世界に一つしかないAラインのウエディングドレス。お腹回りに少し余裕を持たせたシルエットにレースを施した王道の物にした。

「尊さんこそ、白いタキシードが似合っていてカッコいいですよ」

衣装合わせの際、尊さんはブラックのタキシードを選ぼうとしていた。仕事のときもネイビーやチャコールグレーなどのダークスーツが多い。だから、必死になってお願いした。白いタキシードを着て欲しいと。

「……カッコいい？　莉緒にそんなことを言われたのは初めてだ」

「え。そうでしたっけ？」

抱きしめる腕の力が弱まった。思わず振り返ると尊さんが口元に手を当ててそっぽを向いた。

「え？　もしかして、照れてます？」

ほんの少しだけ耳が赤い気がする。

「莉緒が急に変なことを言うからだろう」

「口には出さなくても、私はいつも尊さんをカッコいいって思ってますよ」

本心だった。それは容姿に限ったことじゃない。夫としても父親としても。桐生尊という存在を私はカッコいいと思うのだ。

「俺だってそうだ。莉緒は俺にとって世界一可愛い奥さんだ」

真剣な表情で真っすぐな愛を注いでくれる尊さん。私は背伸びをして自分から尊さんの唇にキスをした。すぐに唇が離れる。私は驚いている尊さんに微笑んだ。

「ずっと、愛してます」

そう言うと、尊さんが愛おしそうにそっと私の頬に手を添えた。

「俺も莉緒を愛してる」

熱い視線が絡まり合うと、私たちは引き寄せられるようにキスをした。

「今夜は朝まで離さないから。覚悟してくれ」

情熱的な言葉に顔がボッと赤くなる。尊さんの腕が腰に回り、体を引き寄せられる。

再び唇が近付いた瞬間、控室の扉が開いた。弾かれたように扉へ視線を向けると、護がきょとんとした表情で私たちを見上げた。

何事もなかったかのように離れる私と尊さん。それを見ていた護がふわっと笑った。

「パパとママなかよしだね」

「そ、そうね。仲良し、だね」

しどろもどろになる私を見かねて、尊さんが護を抱き上げる。

「フラワーボーイ頑張ったな。偉かったぞ、護」

「うん！　おはなフワフワたのしかった～」

キャッキャと楽しそうに話す護のことを、温かい眼差しで見つめる尊さん。

家族が欲しかった。温かい家庭を築いて、幸せになりたかった。

ずっと望んでいたものが、今、目の前に……手を伸ばせば届く場所にある。

喜びに胸が打ち震えて、私は尊さんと護にガバッと抱き付いた。

尊さんは左手で護を、右手で私を抱きしめる。

「ママ、あまえんぼさんだねぇ」

護が腕を伸ばして私の頭を優しく撫でてくれた。それを見た尊さんがフッと笑った。

「いいんだよ、護。ママが甘えてくれると、パパは嬉しいんだ」

力強い尊さんの腕の中で、私はこれ以上ない幸せを噛みしめたのだった。


【番外編ＥＮＤ】

# あとがき

初めまして、なぁなです。

『エリート弁護士になった（元）冷徹若頭に再会したら、ひっそり出産した息子ごと愛し尽くされ囲われています』をお手に取って頂き、ありがとうございます。

本作は、大変ありがたいことにコンテストで受賞させて頂いた作品で、マーマレード文庫ではデビュー作となります。

優しく芯の強い莉緒がひっそりと息子の護を出産して、再会してスパダリ弁護士になった元若頭の尊に愛される。

息子の護はもちろんのこと、莉緒のことも常に考えて気遣ってくれる尊。

結婚後もパートナーをずっと女性扱いし続けてくれる男性って、とってもステキですよね！

ヒーローの尊には、私の理想をギュッと詰め込んでみました。

個人的に龍王組の松ちゃんのキャラが大好きです。読者さんの中にも『松ちゃん推し』がいてくれたら嬉しいです。

また、出版にあたり莉緒と尊の結婚式も番外編として書き下ろしました。

こちらもあわせて楽しんで頂けたら嬉しいです。

最後になりますが、本作を出版するにあたってお世話になりました皆様にお礼申し上げます。

私の希望通りに可愛らしい莉緒と護、それに抜群にカッコいい尊を描いて下さったよしざわ未菜子先生。

カバーデザインを担当して下さいましたデザイナー様、担当編集のおふたりにも心より感謝申し上げます。

この作品を読んで下さった読者の皆様に、少しでも幸せと癒やしをお届けできていたら幸いです。

ありがとうございました。

なぁな

marmalade bunko
マーマレード文庫

# エリート弁護士になった(元)冷徹若頭に再会したら、ひっそり出産した息子ごと愛し尽くされ囲われています

2023年4月15日　第1刷発行　定価はカバーに表示してあります

著者　なぁな　©NAANA 2023
発行人　鈴木幸辰
発行所　株式会社ハーパーコリンズ・ジャパン
東京都千代田区大手町1-5-1
電話　03-6269-2883（営業）
0570-008091（読者サービス係）
印刷・製本　中央精版印刷株式会社

Printed in Japan ©K.K. HarperCollins Japan 2023
ISBN-978-4-596-77102-5



m a r m a l a d e b u n k o

本作品は2022年に魔法のｉらんどで実施された「極上の男 × 身ごもり・シークレットベビー小説コンテスト」でマーマレード文庫賞を受賞した「(元極道)弁護士の溺愛求婚～ひっそり出産したはずが息子ごと愛されてます～」に、大幅に加筆・修正を加え改題したものです。